达·芬奇文学手稿

启真馆 出品

文艺复兴译丛

达·芬奇文学手稿

〔意〕列奥纳多·达·芬奇 著

余丹妮 王金霄 译

ZHEJIANG UNIVERSITY PRESS
浙江大学出版社
·杭州·

图书在版编目（CIP）数据

达·芬奇文学手稿 /（意）列奥纳多·达·芬奇著；
余丹妮，王金霄译 . -- 杭州：浙江大学出版社，2022.11
ISBN 978-7-308-22931-9

Ⅰ . ①达… Ⅱ . ①列… ②余… ③王… Ⅲ . ①文学—
作品综合集—意大利—中世纪 Ⅳ . ① I546.13

中国版本图书馆 CIP 数据核字（2022）第 148909 号

达·芬奇文学手稿

［意］列奥纳多·达·芬奇 著　　余丹妮　　王金霄 译

责任编辑	伏健强
责任校对	张培洁
装帧设计	武建和
出版发行	浙江大学出版社
	（杭州天目山路148号　邮政编码310007）
	（网址：http:// www.zjupress.com）
排　　版	北京楠竹文化发展有限公司
印　　刷	河北华商印刷有限公司
开　　本	635mm×965mm　1/16
印　　张	10.5
字　　数	153千
版 印 次	2022 年 11 月第 1 版　2022 年 11 月第 1 次印刷
书　　号	ISBN 978-7-308-22931-9
定　　价	65.00 元

浙江大学出版社市场运营中心联系方式：（0571）88925591；http://zjdxcbs.tmall.com

图 1：达·芬奇自画像。

（disegni leonardeschi：Accademia di Venezia tav.XXVII）

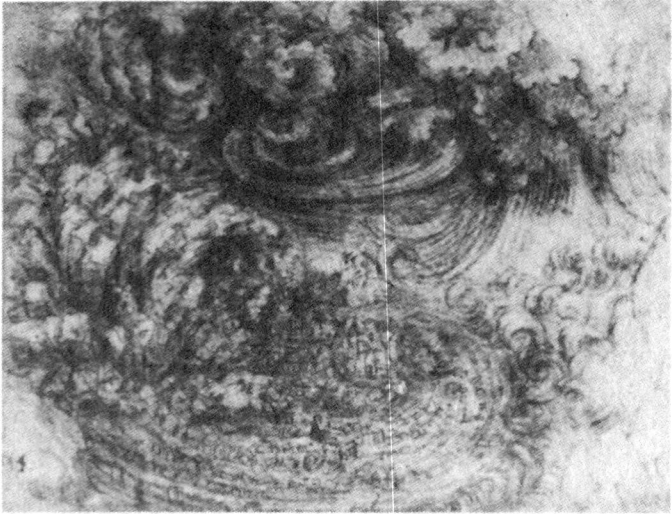

图 2:《大洪水》。按照达·芬奇的想象，宇宙的力量以一种单向的旋转将泥土、水和空气等元素混合并释放。（Windsor f.12378）

图 3：水和空气并不互相排斥，也不各自独立于自己的领域，而是共同组成无限的漩涡。（Windsor f.12383）

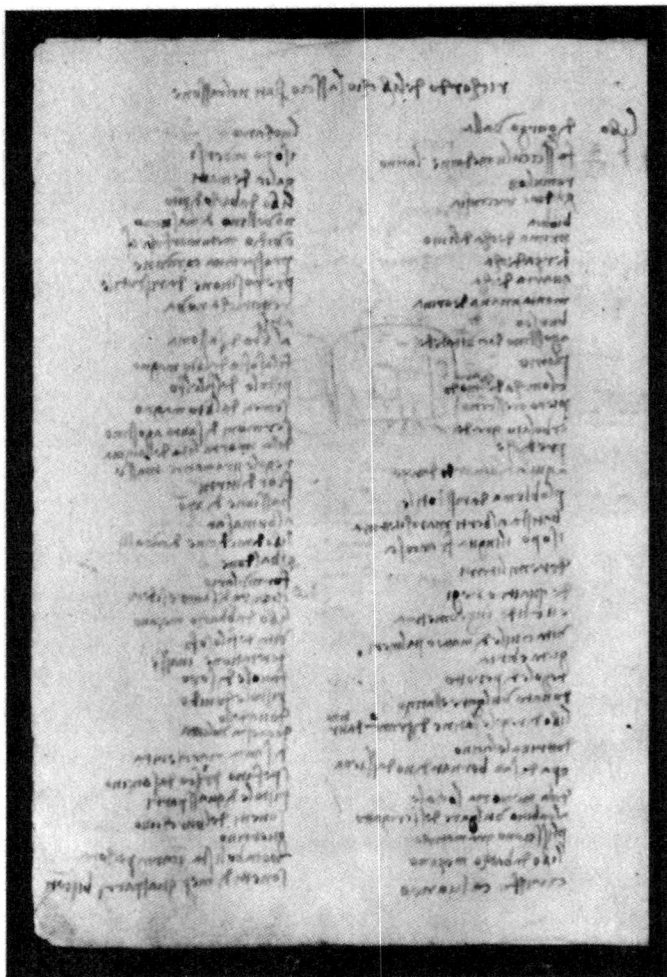

图 4：这是达·芬奇众多手稿的第一页，也是《马德里手稿》中极富启示的文本之一。（Madrid 8936 f.3）

图 5：技术与诗歌：达·芬奇希望用这台机器产生宇宙中最快的
速度和最高的温度。"太阳温暖着世界，无时无刻，这是个伟大
的过程……与我这台机器相比，太阳从不移动，也不会变冷。"
（Atlantico f.83 v.［30 v.a］）

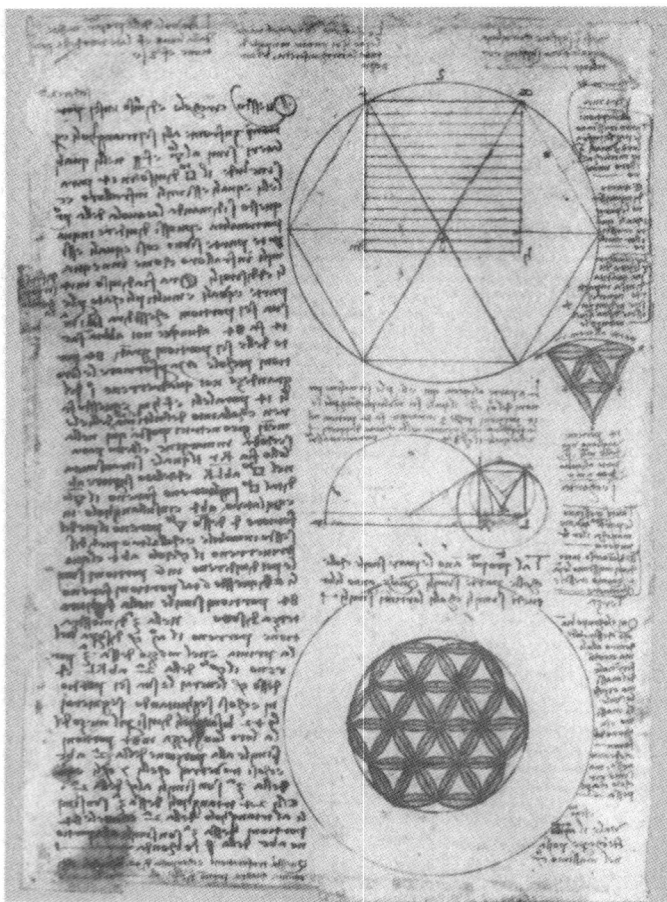

图 6：由圆的内接六边形构成的六个圆段被分成大量的约数，这些约数以无限可变的形状分布在圆内：亮的部分总对应六边形表面，暗的部分对应最初的六段。（Atlantico f.111 v.b.）

导读

　　提到列奥纳多·达·芬奇（Leonardo da Vinci），我们脑中会自然而然地浮现出一个全能通才的形象，对他在艺术和科学上的造诣津津乐道。然而，对于隐藏在这些造诣背后的思想，我们却知之甚少。本书收录了反映达·芬奇对生命、人性、处事、自然等方面思考的笔记。虽是只言片语，却也能从中窥见他个性中鲜为人知的一面。

　　本书译自由奥古斯托·马林诺尼（Augusto Marinoni）整理编辑的《列奥纳多·达·芬奇文学手稿》（*Scritti letterari di Leonardo da Vinci*）。该书于1952年由意大利米兰里佐利（Rizzoli）出版社首次出版，后来分别于1974年和2002年由米兰RCS集团再版，其电子版于2009年6月由BUR Rizzoli发行。1967年，《马德里手稿》在西班牙首都被偶然发现。1972年，马林诺尼与拉迪斯劳·雷蒂（Ladislao Reti）誊写了该手稿。这为《列奥纳多·达·芬奇文学手稿》1974年的再版起到了至关重要的作用。

　　《列奥纳多·达·芬奇文学手稿》的编者奥古斯托·马林诺尼（1911—1997）是一位词汇学家、拉丁语学者和意大利历史学家，在达·芬奇手稿研究和达·芬奇哲学、科学思想研究领域享有盛名，并从20世纪70年代开始致力于达·芬奇手稿的传播和推广工作。1982年，他出任达·芬奇文集研究机构（Ente Raccolta Vinciana）主席。1987年，美国洛杉矶大学为他颁发了"哈默卓越奖"（Hammer for excellence），以表彰他在达·芬奇研究领域做出的贡献。

　　在《列奥纳多·达·芬奇文学手稿》一书中，马林诺尼收集了达·芬奇手稿中具有文学价值的内容，并按主题分成了二十章。

　　第一章"哲思"收录了达·芬奇对灵魂、大自然、科学、健康、知识、时间、真相等问题的思考，这些问题在后面的章节中也会出现。与接下来的大部分内容一样，达·芬奇并未把自己的思想整理成一篇文章，只是以随笔的形式进行了记录。

在第二章"寓言"中，达·芬奇揭露了万物注定毁灭的道理，同时强调了认识大自然的重要性。扑火的蝴蝶在被烧伤后才认识到火光的凶残本性，而火光却对濒死的蝴蝶说："我对那些不知道怎么好好使用我的人这么做。"可是，扑向火光不正是蝴蝶的本性吗？达·芬奇以蝴蝶为喻，不但暗讽了人类的盲目和愚蠢，而且透露了毁灭乃命中注定的思想，警示人们要了解大自然，避免意外的发生。

对于达·芬奇来说，大自然是永恒的导师。在第三章"动物寓言"里，他通过对动物性情的描写，诠释了一个个抽象的概念，使寓言兼具道德内涵和实践意义。猎鹰是高贵的，因为"它宁愿饿死自己，也不会食用那些小个头的鸟或腐臭的肉"。燕子是善变的，"它总是在不断迁徙，因为它无法忍受一丝不适"。

他在观察自然时发现的奇闻逸事也为第四章"预言"提供了丰富的素材。"人们将扔掉自己的粮食"指向的是"播种"。"人类将痛打自己的养育者"指向的是"打麦子"。这些预言是达·芬奇从另类角度对寻常事物的阐述，像是他在聚会时给朋友猜的谜语。不过正如马林诺尼所言，这一章的题目是"预言"，而不是"谜语"，是因为该部分内容具有预言的典型特点（比如动词一般为将来时），并且比为玩笑而作的谜语多了几分严肃感。

第五章的"趣闻集"体现了达·芬奇言辞犀利、风趣幽默的特点。在一则俏皮话中，一个画家被问为何能作出美丽的画，却生出丑陋的孩子。对此，画家回答道："因为画是白天创作的，而孩子是夜晚时创造的。"有时，达·芬奇还展现出性格刚烈，针锋相对的一面："你的眼睛颜色变得很奇怪。""因为我的眼睛看到了你奇怪的脸。"

有些人认为，达·芬奇是一个"不通文墨之人"（omo sanza lettere），因为他在儿时未曾接受过系统的拉丁语教育。在第六章"序言"中，我们可以看到达·芬奇对这一指责的辩解，也能了解到他对知识、实践、写作的观点。在达·芬奇生活的年代，读书人对机械研究的轻视愈发严重，这引起了他的不满。尽管自己并非胸无点墨之人，但达·芬奇表示，大自然优于书籍，"经验是优秀写作者的老师"，他直接以经验为师，因此比"写作者"更胜一筹。不过，拉丁语是当时科学领域的官方语言，也是阅读文献、表达思想的必备技能，所以达·芬奇在迁居米兰后重新学习了拉丁语，并且积极地与米兰大公"摩尔人"卢多维科（Ludovico il Moro）、卢卡·帕乔立（Luca Pacioli）等熟练掌握拉丁语的权贵阶层和科学家结交。他们的交往和合作在本书中均有见证。但是，无论是掌握拉丁语，还是与权贵阶层交往，对达·芬奇来说，创作者的身份更值得骄傲。在第七章"两件杰作与一个发现"中，达·芬奇写下了为"摩尔人"卢多维科创作骑马塑像时的思索。他提到，"大多数作品给它们的创作者带来的荣誉，都会胜于给付钱的人所带来的荣誉"。

达·芬奇反复强调敬重自然法则的重要性。在第八章"反驳节略者"中，达·芬奇对藐视自然研究、只知道对前人作品进行缩减节略的写作者嗤之以鼻。在第九章"驳斥巫师和炼金术士"中，他认为，大自然只负责"创造基本元素，而人类在这些基本元素的基础上，可以创造出无限的复合物"。然而，炼金术士出于贪欲，违背自然规律，企图用廉价的铅炼制出珍贵的金子。在本质上，他们和那些想要创造灵魂的巫师一样，走上了欺骗和渎圣的道路。

第十七章中奇异的"巨人"取材于普尔奇（Pulci）和普齐（Pucci）等人的文学作品。不过，达·芬奇笔下的巨人不仅是一个样貌怪异的形象，还是大自然无穷之力的象征。对于那些在惊惧中丧生的人们，他表现出了既无奈又悲悯的态度，再度暗示了万物注定毁灭的思想。该思想在第十章"关于自然法则的争论：支持与反对"中有着更为清晰的论述。

达·芬奇批驳大众对灵魂的迷信，但同时承认世界上存在着神秘的力量，将其称为精神力（virtù spirituale）。在第十二章"为一个论证所写的草稿"中，他提出精神力与物质无关，不会造成损耗，并且列举了一系列只有借助非物质的概念才能解释的事实。比如，太阳温暖大地，照耀四方，但太阳本身不会有所损耗。

除了对文学经典的阅读和对自然生活的观察之外，丰富的想象力也是达·芬奇写作中不可或缺的一部分。他生动地描写了想象中的"洪水"（第十三章）、"洞穴"（第十四章）、"海怪"（第十五章）和"维纳斯之地"（第十六章），甚至可以将其绘制成画。他在想象中寄往叙利亚的信件（第十八章）甚至一度使人相信他曾到过东方。

在第十九章"信件"中，我们可以看到一个有血有肉、性格鲜明的达·芬奇。在写给"摩尔人"卢多维科的求职信里，他自信满满，毛遂自荐；在写给威尼斯政府的报告里，他尊重科学，心思缜密；在写给枢机主教伊波利托·德·埃斯特（cardinale Ippolito d'Este）的委托信中，他谦卑礼貌，真诚恳切；在写给兄弟的家信中，他揶揄讽刺，指桑骂槐；在写给资助人朱利亚诺·德·美第奇（Giuliano de' Medici）的"投诉信"中，他牢骚满腹，怨气连连；在写给弟子弗朗切斯科·梅尔齐（Francesco Melzi）的敦促信中，他风趣幽默，不失威严；在写给皮亚琴察主教堂财产委员的劝告信中，他无可奈何，悲愤填膺。

第十一章"初次飞翔"展示了达·芬奇创作的一句诗，摘自其作品《鸟类飞行录》（Codice del volo degli uccelli）的封面。第二十章收录了达·芬奇对一些作品选段的翻译与抄写。从其所选的内容可以看出，抄写具有告诫作用的诗句对于达·芬奇来说更具吸引力。

译者借此导读向读者说明，译文中的标点符号采用中文习惯用法，人名和地名采用音译，其意大利语原文均以括号括出。部分达·芬奇本人所做的删改也以括号括出。每一章节的题目由原著编者马林诺尼所定，各个段落的标题均为达·芬奇手稿的原文，脚注除标记"译者注"外，均译自马林诺尼的注释。

马林诺尼按数字顺序为段落编号，按字母顺序为尚未成段的各个部分编号，不但使手稿内容一目了然，而且展现了达·芬奇对表达方式的认真推敲和渐入佳境的写作状态。此外，他还标注了手稿中与现代意大利语用法不同的词汇和句法，并将罕用词、古体词等不常见的词汇整理成表，为翻译工作提供了很大的便利。

本导读部分内容参考马林诺尼为《列奥纳多·达·芬奇文学手稿》

原文所写的序言和注释。手稿原文为文艺复兴时期的意大利语，词汇与文法与现代意大利语均有不同，翻译难度较大。在翻译过程中，卢恰诺·罗马诺（Luciano Romano）、玛丽亚·维塔莱（Maria Vitale）、萝塞拉·帕尔纳索（Rossella Parnaso）、西尔维娅·卡西尼（Silvia Casini）等意大利专家为原文释义提供了帮助，对达·芬奇有深入研究的李婧敬副教授为译文进行了细致的审校，提出了许多宝贵意见，在此表示感谢。由于译者的水平和学识有限，译文难免存在错漏之处，在此恳请读者谅解，并衷心期待批评指正。

译者谨记

目　录

1 /　　　一、哲思

20 /　　　二、寓言

34 /　　　三、动物寓言

51 /　　　四、预言

78 /　　　五、趣闻集

85 /　　　六、序言

91 /　　　七、两件杰作和一项发现

92 /　　　八、反驳节略者

95 /　　　九、驳斥巫师与炼金术士

101 /　　　十、关于自然法则的争论：支持与反对

102 /　　　十一、初次飞翔

103 /　　　十二、为一个论证所写的草稿

107 /　　　十三、洪水

113 /　　　十四、洞穴

115 /　　　十五、海怪

117 /　　　十六、维纳斯之地

119 /　　　十七、巨人

123 /　　　十八、致叙利亚的迪奥达里奥

128 /　　　十九、信件

147 /　　　二十、翻译和抄写

一、哲思

1. 论灵魂

土与土相撞之处停滞不动。水与水相撞之处，周围形成漩涡。声音在空气中可穿行很长一段距离，在火中穿行的距离更长。思想在宇宙中穿行的距离更长。但思想是有限的，无法穿越无限的宇宙。

2

我们的生命以它者的死亡为基。死物中的生命已丧失知觉，而进入活物肚中，便可重新获得知觉和智慧。

3

运动是所有生命的起因。

4

大自然充满了无数从未被验证过的道理。

5

科学是将军，实践是士兵。

6

缺乏胃口时进食有害健康。同样，缺乏意愿时学习有损记忆，学了也记不住。

7

所说的话如果无法让听者满意，便会使其感到无聊或气恼。这一点通常可以从听者哈欠连连的表现中看出。因此，如果你想获得听者的好感，那么就在发现听者有这些难受表现的时候长话短说，或者换一个话题。否则，你不仅无法如愿获得好感，还会招致怨恨和憎恶。

如果你没听过一个人说话，但又想了解他会对什么感兴趣，那么你可以在跟他聊天的时候尝试切换不同话题。如果你看到他听得很专注，既不打哈欠也不皱眉，也没其他各种各样的动作，那么你就可以肯定，他对你说的内容感兴趣。

8. 论科学

无法应用数学之处，或无法应用与数学相关联的科学之处，是没有精确性可言的。

9

噢，事物的观察者，不要因为你认识那些自然所创造的平常事物而沾沾自喜。但是，为能认识到你的思维所勾勒出的事物界限而快乐吧。

10

关于那些不借助科学研究进行实践的人所犯的错误：那些热爱实践但是却不进行科学研究的人，就像是航行时不使用船舵或者指南针的船夫，永远无法确定自己正前往何处。

11

很多人在做生意时会用骗术和伪造的奇迹来蒙骗愚蠢的民众。如果他们的骗术无人识破，便不会受到惩罚。

12

每个人都想存些钱，用来付给医生，那些生命的破坏者。因此，

医生们 [1] 肯定很富有。

13

经验是复杂的大自然与人类之间的译者。但经验无法解释大自然的不可抗力，也无法解释不受如船舵一般的理性所掌控的作为。

14

本质上，有果便有因。当你理解了起因，经验对你来说就没有必要了。

14（重复）

不承认事物起因的人，暴露了他的无知。

15[2]

a）经验从来不会出错，出错的是我们的判断。基于这些错误判断所预测的试验结果，实际上并不会出现。经验不会出错，因为一旦有了因，便会有相应的果，除非出现了别的阻碍因素。当出现某种阻碍因素，本应随起因出现的结果，将会或多或少受这阻碍因素影响，其影响程度取决于这一阻碍因素相对于起因的效力大小。

b）经验从来不会出错，出错的是我们的判断。基于错误的判断，我们做出一些超出预测能力的论断。人们错误地去埋怨经验，指责经验的荒谬，并发出严肃的告诫。放过经验吧，要怪就怪自己的无知吧，因为是无知导致你们一厢情愿地妄下结论，让你们徒然允诺那些实践无法兑现的东西，还反过来指责经验是荒谬的。

c）人们错误地埋怨无辜的经验，指责经验充满不确定性和谎言。

16

一个人如果去预测一些与实践本身并无关联的结果，便是失去了理智。

---

[1] 这里指的是达·芬奇不喜欢的医生们。
[2] 这三个片段探讨同样的主题，重复的探讨旨在寻求更好的思想表达方式。

17

眼睛、阳光和思维何以是速度最快的存在物。太阳一旦在东方升起，光线立即就会抵达西方。这些光线由三种属灵的能量构成：光亮、温度与那种令其具有光线之形态的元素。

眼睛一睁开，就能看见我们这一半球的所有星星。

思想在一瞬间便能从东方跳跃至西方。所有其他的（崇高的）[1]灵性之物，在速度上都无法与之媲美。

18

不应该指责人们将既有结论得出的普遍规律运用在科学研究中。

19

万物皆随时间变化。[2]

20

只要有起因，自然会在最短的时间内创造出结果。

21

自然的每一个作为，都无法以同样的方式在更短的时间里再次完成。

22

只要有起因，自然会在最短的时间内生出结果。

23

每件工具都应该结合其制造者的经验来使用。

---

[1] 原文是 alt[r]e, 原文注解认为手稿更倾向是 alte 的意思，即"崇高的"。
[2] 达·芬奇在纸的边缘做的笔记。

24

想知道圣人是否裸体。

25

男人想要了解女人是否会应允他们的色欲需求。一旦男人确定女人对他有欲望，便会对她提出要求，满足他的欲望。如果她不表明爱意，男人便无法理解她的意思，如果她表明了自己的爱意，便会堕入欲河。

26

人们问是否所有无限都是一样的，还是说有的无限比别的无限更大。

答案是每一个无限都是永恒的，永恒的事物持续时间是一致的，但年龄是不同的，因为那些更早诞生的无限经历了更长时间，而未来的时间是一样长的。

27

正如每一个王国分裂后都会瓦解，才智也是一样。才智若分散在不同研究中，便会混淆并弱化。

28

爱慕者会向他的所爱之物靠近。同样，感受也会朝其所能感知之物靠近，两者结合在一起，成为一个整体。

作品是结合之后诞生的第一件东西。

如果被爱的东西很卑劣，那么其爱慕者也会变得卑劣。

当结合之物对结合施行者有利，便会使其感到开心、愉悦和满足。

当爱慕者靠近了所爱之物，就会在那里停歇。

当重量被放下，就会在那里停歇。

为我们的才智所认知的事物。

29

力量有四种：记忆、智力、淫秽与欲望。前两者是理性的，后两者是感性的。

在五感中，视力、听力与嗅觉的禁忌很少，而触觉与味觉则不然。

在狗和其他贪食的动物身上，嗅觉指引着味觉。

30

一切属灵之力，一旦远离第一起因或第二起因，其所占空间会增多，其价值会降低。

31

我们所有的认知均始于感受。

32

每个人总身处于世界中间，半球天空之下，世界中心之上。

33

有待研究的新事物没法落笔描述，就像你向我做出的承诺一样。

34

知觉是属世的，当理性开始思索，便超脱于知觉。

35

你在河流中触碰到的水是流逝之水的末端，是未来之水的最前端。当前的时间也是如此。

36

每一个行为的开展都得益于运动。

认识与希求是两项人类活动。

分辨、判断、建议是人类行为。

我们的身体在天空之下，天空在灵魂之下。

37

对比。破掉的花瓶如果还未加工完成，仍然可以重新塑形，一经烧成就不可更改了。

38

灵魂从不会随着肉体的腐朽而腐朽。然而，灵魂之于肉体，好比风之于管风琴的琴管：倘若琴管损坏，风声便会刺耳。

39

阻挠真相会招致惩罚

40

智慧是经验之子，而经验……

41

对于许多生物来说，自然更像是残忍的继母，而非母亲。对于少数生物来说不像继母，而更像仁慈的母亲。

42

每一具肉体都是由维持生存所必需的肢体和体液构成的。其必要性众所周知，灵魂将肉体选为暂时的居住地。

你看，鱼必须与水进行持续的接触。它的灵魂，自然的产物，使其鱼鳞缝隙间产生分泌液。这种分泌液难以与鱼分离，它与黏糊糊的汗液相似，对于鱼来说，就像是沥青之于船身。

43

需求是自然的导师和保护者。

需求是自然的要旨和创造者，是约束，是永恒的法则。

44

若不知感恩，行善的记忆也会变得模糊。

45

私下责骂朋友，公开赞扬朋友。

46

惧怕危险的人不会因危险而丧命。

47

不要对过去说谎。

48

没有什么比坏名声更使人害怕。

49[1]

有了名声，辛劳便会退去，甚至被掩盖。

50

色欲是繁殖的起因。贪食维持生命。畏怯与恐惧延长寿命。苦痛救赎肉体。

51

没有什么比坏名声更让人害怕。
坏名声源于恶习。

52

祈祷生于希望消逝之时。

---

[1]　这可能是寓言插图的配词。

53

嫉妒通过诽谤或污蔑来伤害他人，这使美德畏惧。

54[1]

美誉向天而行，因为善美之物是上帝之友。恶名则相反，因为它的所作所为逆反上帝，通往地狱。

55[2]

金条融于火中。

56

冲撞墙壁的人，会被倒下的墙壁砸到。

57

砍树的人，会受到断树的报复。

58

不用杀死叛徒，因为他再表示忠诚，也无人相信了。

59

向懂得自我纠正的人请教。

60

正义需要力量、智慧和意志，这与蜂后的品质相似。

61

拒绝惩奸除恶，便是唆使人们行恶。

---

[1] 这可能是寓言式配图的旁白。
[2] 这可能是寓言式配图的旁白。

62

抓蛇尾巴的人，会被蛇咬。

63

挖坑的人，会被坑填埋。

64

不懂得抑制自己欲望的人，如同与野兽为伍。

65

人们无法获得高于或低于自己地位的权势。

66

思考得少，犯错就多。

67

与其在结束时反抗，不如在一开始反抗。

68

没有什么建议比在危境中的船上给出的建议更可靠。

69

轻信年轻人的建议等于自讨苦吃。

70

仔细想想目的。
优先考虑目的。

71

每次伤害都会带来恼人的记忆，极致的伤害——死亡——除外。死亡在带走生命的同时也抹杀了记忆。

72

那些会丢失的事物无法称之为财富。美德是我们真正的佳品，是对其拥有者真正的奖赏。它不会丢失，不会抛弃我们，除非生命先抛弃了我们。人们总是担惊受怕地保留身外之物与钱财，而这些东西经常戏弄挖苦着离开其拥有者，使其丢失拥有权。

73

拥有时间但却总等着时间的人，会失去朋友，挣不到钱。

74

本身是驴，却认为自己是鹿……[1]

75[2]

我们不缺乏切分和衡量我们凄惨日子的方法。在这些日子里，我们仍然可以为没有虚度时光而感到高兴，在这些日子里仍能收获赞美，在活着的人心中留下一些回忆。这让我们的凄惨生涯没有虚度。

76

极致的幸福会导致极致的不幸，完美的学识会导致无知。

77

在你年轻时，去争取那些可以为你减缓暮年苦痛的东西。如果你相信智慧可以滋养暮年，那就趁年轻去努力争取，让你的暮年不会无以滋养。

---

[1] 谚语的下一部分是"在跳过一个坑的时候就恍然大悟"。参考 G. Calvi, *I mss di Leonardo da Vinci*, Bologna，1925，p.38.

[2] 这一笔记伴随着一个手表／钟表的插图及描述。

78

我们无法在适度考虑时间距离的前提下去考量不同时期发生的事情。许多在很久以前发生的事情看起来与当前很相近，而许多当前发生的事情看起来却像发生在了久远的过去，就像我们的青春岁月。同样，我们的眼睛看着阳光照亮的东西时，远处的东西似乎很近，而很多近处的东西看起来却很远。

79

噢，沉睡的人啊，什么是睡眠？睡眠与死亡相似。为什么你不在死亡后沉睡，让自己看起来像活着一样，而要在活着时像可悲的死尸那样沉睡呢？

80

人和动物是食物的通道，是其他动物的葬身之处，是死物的栖身地，依靠他物的死亡、凋零、腐朽来维持生命。

81

冲动无畏使生命陷入危险，而恐惧使生命安全。

82

那些没受到威胁的人才会以威胁为武器。

83

幸运来临时，嫉妒会将其包围，与之抗争。幸运远离时，只留下了痛苦和懊恼。

84

好好走路的人极少会跌倒。

85

下命令是贵族的行为，遵循和执行命令是仆人的行为。

86

天性愚笨但偶尔有小聪明的人，当他依照天性行事时，总会显得愚蠢；当他耍起小聪明时，则会显得明智。

87

耐性的类比。耐性对抗辱骂，就像衣服对抗寒冷：如果你随着寒冷的加剧添加衣服，那寒冷便无法伤害你。同样，面对粗暴的辱骂，提高你的耐性，这些辱骂便无法触犯你的思维。

88

岁月飞逝，悄然流逝，迷惑世人。没有什么东西比岁月更快，传播美德的人将收获美誉。

89

当我将上帝画成小孩，你们会把我送进牢狱。可若我把他画成大人，你们会对我做更糟糕的事情。

90

当我相信自己已经学会了怎么生活，那么我也将学会如何死亡。

91

如果想看看灵魂如何在自己的身体里居住，那就去看灵魂每天如何使用其所栖身的身体。如果灵魂不讲规矩、混乱不堪，那它所栖身的身体也会是不讲规矩、混乱不堪的。

92

传播亵渎之言是恶棍的武器。

93

灵魂中的热爱可以驱散色欲。

94

所有动物都会苦恼，怨气冲天。人类将树林变成废墟，为了获取金属而开采山岭。有些人虽赞美上帝，却更热衷于破坏故土、伤害人类，我还能说出什么比这更恶劣的事情吗？

95

亚里士多德在《伦理学》的第三篇中说道：人只能因为那些他力所能及或无能为力的事情受到赞扬或者责骂。

96

如果言语能在你口中结冰，你就能让埃特纳火山结冰。

97

铁不使用便会生锈，水不流动便会停滞或者遇冷结冰。同样，头脑不运转便会受损。

98

身体健康的人是幸福的。

99

卡尔涅里奥·切尔索（Cornelio Celso）。

智慧是最佳之物，肉体的苦痛是最糟之物。我们由两种东西构成，即灵魂和身体。两者中，前者为佳，身体为次。智慧属于灵魂中的佳品，而最糟之物属于身体更糟的部分。灵魂中最佳之物是智慧，而身体的最糟之物是苦痛。最糟之物是身体的苦痛，那灵魂的最佳之物是智慧，是属于智者的，没有其他东西可与之媲美。

100

充实的一天能让人愉悦入眠，充实的一生能让人愉悦长眠。

101

感觉越强，痛苦越是剧烈。

102

德梅特里奥（Demetrio）经常说，愚蠢无知的人口中说出的言语和发出的声音，与他们充满多余气体的肠子所发出的嘈杂声响没有区别。

德梅特里奥说，这种说法并非没有道理，因为他认为无论是肠子还是嘴巴，这两个发出声音的地方是没有区别的，这两者的价值和实质构成是一样的。

103

愚蠢是耻辱的盾牌。同样，鲁莽是贫穷的盾牌。

104

法利赛人指的是神圣的神父。[1]

105

充实的生命是长久的。

106

人们说坏人的好话跟说好人的坏话一样多。

107

这个男人疯狂至极，为了不陷入贫穷，他总是悭吝地过日子，而

---

[1] 译者注：原文法利赛人为 farisei，神圣的神父是 frati santi，读音相似。

在期待着享受辛苦获得的财富时，生命悄然离他远去。

108

主啊，我服从你，首先，因为我理应爱你，其次，因为你知道如何缩短或延长人的生命。

109

远离那样的研究，那样的研究所创造的作品会与其创造者一同逝去。

110

无法超越老师的学生是可悲的。

111

有些人只配被称为饭桶、造粪机或茅厕堵塞者。他们应该被这么称呼，因为他们在世上不施行善举，只会留下排泄物。

112

a）毫无疑问，真相相对于谎言，就像光相对于阴影。真相如此崇高，它高于卑贱低微之物。毫无疑问，真相超越了华丽的、高高在上的发言所包含的含糊与谎言。这是因为，在我们的思维中，真相是滋养精妙智慧的最佳养分，而不是胡思乱想的养分。

b）谎言如此遭人唾弃，以至于当它述说上帝的伟大时，反而会贬低上帝的恩泽。真相如此崇高，即便是微不足道的事情，经它赞扬后，也会变得高尚。

c）靠做梦活着的你更喜那些胡搅蛮缠、不着边际与含糊不清的言论，而不是那些确切、自然、实在的道理。

113

灵魂找回了大脑，它出生的地方。大脑动情地大声说出下面这些话：

"噢，我所生出的幸福的、敢于冒险的灵魂！我属于这个人类，我对他了解很深，虽然这让我很不情愿。他就是一个不知感恩的人，与所有恶习为伍。

"为什么我要费心去说这些没用的话呢？他身上存在着众多罪过。对于拥有善良品质的人，我会好好对待。我得出了这个结论：跟他成为朋友很糟糕，但成为敌人就更糟糕了。"

（得体、善良的人从我这里能得到同样得体、善意的对待。成为他的亲戚是糟糕的事，但远离他就更糟糕了。）

114
想要在一天之内变得富有的人，一年之内就会被吊死。

115
贺拉斯说："天主卖给我们所有美好事物，代价是辛劳。"

116
只有真相是时间之子。

117
冒犯别人的人对自己缺乏自信。

118
恐惧先于其他东西出生。

119
捐献者不会献出自己的护衣。

120
如果你拥有美德之身，那么在这样的事实上就不会劝诱自己。

121

你依靠名誉成长，就如孩童依靠手中的面包成长。

122

这里存留着核心，当中包裹着诗人美好的灵魂。

123

物体使知觉发生变化。

124

不要承诺也别做那些你做不了的事情，那会使你受罪。

125

我不认为那些人高马大、安于陋习、寡言的人值得拥有美好的身体与机智——就像那些思虑恫达、能言善辩的人一样。他们只不过是用来进出食物的一口袋子。说实在话，他们只是食物的通道，不值得评价，因为在我看来，他们除了有人类的声音和外形，其他地方就跟野兽一样，再没别的人类品质了。

126

人们抱怨时光流逝，责怪时间走得太快，而没有意识到，时光的流逝遵循一定规律。大自然赐予我们良好的记忆，让那些已经过去很久的事情，在我们看来就像刚发生在当前一样。

127

亚麻的存在与生物的死亡和腐朽紧密相连：亚麻织成的绳套和网用于捕捉鸟类、哺乳动物和鱼类，带来死亡；亚麻布用于包裹尸体，埋入土中后，尸体便会在亚麻布中腐朽。亚麻不会脱离它的树枝，除非它开始腐烂与朽败。葬礼装饰与头冠应该使用亚麻来制作。

128

月亮，稠密和沉［重］，稠密而沉重，月亮，如何存在

二、寓言

1

女贞树很苦恼，因为它结满嫩果的细枝总是被一些讨厌的乌鸫用利爪和鸟喙肆无忌惮地啄食。女贞树向其中一只乌鸫诉说了它的怨气与哀诉。女贞树恳求乌鸫，如果不能留下一些它珍爱的果子，至少要留一些叶子给它，因为叶子能保护它免受灼热阳光的直射。同时，女贞树也恳求乌鸫不要用尖利的爪子擦伤它的树皮。听到这些哀求，乌鸫狭隘小气地辱骂道："噢，闭嘴吧，野生的灌木。难道你不知道，大自然让你结出这些果子就是为了给我提供养分的吗？难道你不明白，你在这世上的存在就是为了给我提供食物吗？噢，可怜的你，你难道不知道在即将到来的冬季里你将成为炉灶的燃料吗？"灌木忍受乌鸫所说的话，没有哭泣。不久过后，乌鸫掉落在一个网里，随之被关进了笼子。这笼子是用女贞树的细枝做成的。这些细枝看到自己让乌鸫丧失了自由，非常开心，说道："噢，乌鸫，我还在这里，还没像你说的那样被火焰烧毁。在你看到我被焚烧之前，我先看到了你被囚禁起来。"

2

月桂树和爱神木看到梨树被砍伐，大声地叫道："噢，梨树，你要去哪里？当你结满成熟果子时，那么的骄傲，如今这些傲气去哪里了？现在，你再也无法用浓密簇叶在我们身上投下阴影了。"梨树听后回答道："我会和砍伐我的农夫一同离去，他将把我带到优秀雕刻家的作坊里，雕刻家会把我做成宙斯雕像。我将会被放在神殿里，人们将会敬拜我，而不是敬拜宙斯。而你们会被摧残，树枝会被砍光，被人们制成装饰品，放在我身边衬托我。"

3

一棵栗树看到有人爬在一棵无花果树上，掰弯了树枝，摘下成熟的果子。他张大嘴，咬着果子，用坚硬的牙齿咀嚼果肉，并时不时摇动别的树枝。看到这一幕，栗树感到害怕，低声说道："噢，无花果树，你无法像我一样感恩大自然的恩泽！看，大自然使我的果实被紧紧地包裹起来：先是包有一层薄皮，外面还有一层坚硬的皮。给了这些恩惠还不够，大自然还让这些果实栖身于一个坚硬的栗子壳里，外面布满了密密麻麻的尖刺。如此一来，人类便无法用手来伤害它们。"这时候无花果树和它的果子们开始笑了起来，笑完后它们说道："你也很清楚，人类非常聪明。他们会钻到你的树枝之间，用棍子和石头把你的果实打下来。然后，他们会用脚踩踏掉落到地上的果实，或者拿石头砸，在被踩扁或压扁的栗子壳中取出果实。相反地，我的果实被人类直接用手勤劳地采摘，而不是像你一样，被棍子和石头打。"

4

一只飞蛾不满足于在空中自由飞翔，被蜡烛的欢快火焰所吸引，决定朝它飞去。它开心地舞动着，而这就是它遭受厄运的原因。它轻盈的薄翼碰到了火，被烧毁了。可怜的飞蛾，被烧伤的它掉在了蜡烛的脚下，懊悔不已。哭泣了很长时间后，它擦干了眼泪，抬起了脸，说道："噢，虚伪的火光，谁又知道，在过去有多少像我一样被你卑鄙欺骗的受害者。我只是想看一看光，但我是否也只能通过那凶狠蜡烛的奸诈火光才能认识太阳呢？"

5

一颗核桃被一只乌鸦带到了一座钟楼的顶部。核桃从鸟嘴里滑落，滑入了钟楼墙壁的裂缝里。核桃恳求墙壁伸出援手，给予帮助，毕竟天主的恩泽赐予了墙壁如此美妙可敬的钟声。它没能掉落在老父亲绿枝底下，躺在肥沃的泥土中，被掉落的树叶覆盖。但是，至少它被高墙接纳了。核桃之前落入了乌鸦锋利的嘴里，而后又掉落了出来。它恳求墙壁让它在那小缝隙里过完它的一生。听到这些话，墙壁深感同情与感动，便开心地接纳了它，让它待在掉落的缝隙中。不久过后，核桃破开了，并开始在石头缝隙间生根，越变越大，枝干伸展开来，逾越了核桃的所在之处。枝干伸出了墙壁之外，根变得又大又卷曲，开始粗鲁地破开墙壁，将古老的石子挤出去。墙壁为它所遭受的灾难伤心哭泣。在这么短的时间里，它大部分地方都坍塌了，被破坏得面目全非。

6

一只猴子发现了幼鸟的巢穴。由于一些幼鸟已经长大，可以飞走，它只能逮住其中最小的那一只。猴子无比开心，把幼鸟带回了它的巢穴。它欣赏着小鸟，开始亲吻它，并出于深深的喜爱，用力地亲吻、旋转和拥抱着它，最终却夺去了小鸟的生命。

这则小寓言献给那些因为不愿责骂孩子而使孩子遭遇到不幸的人。

7

有一棵可怜的柳树，无法享受看着自己细小的柳枝变大变直的乐趣，无法看到自己的柳枝朝着天空生长。除此之外，它的枝干还经常遭到附近的葡萄藤和其他植物的侵扰。因此，它打开了自己想象力的大门，开始天马行空。它脑海中闪过世上所有类型的树木，搜寻着一种能与它结成联盟，同时又不需要倚赖它的枝干的植物。想着想着，他想到了南瓜，马上雀跃起来，开心地摇动柳枝，因为它觉得自己找到了要找的东西。柳树认为南瓜可以支撑别的树木，而本身不需要被支撑。在做了这个决定之后，它将柳枝伸向天空，盼着能等来一只友善的鸟儿为它捎去消息。看到附近来了一只喜鹊，柳树对它说道："噢，善良的小鸟，我有一事想恳求你，就看在我给你提供帮助的份上。这些天的早晨，当饥饿贪婪的老鹰想要吞食你的时候，你在我的枝叶间找到了藏身之处；当你的翅膀累了，我常为你提供休息之处；

在我的枝叶间，你还能和别的喜鹊打情骂俏。因此，我想恳求你帮我找一个南瓜，让它赠予一些南瓜子，并告诉它，这些瓜子会结出果子，我对它们会视如己出。噢，喜鹊，请把我的想法告诉南瓜，请说服它，你是语言大师，也不需要别人教你怎么做。如果你为我做这件事，我会非常乐意地用我的嫩枝接待你，让你在这筑巢，不会向你索取任何租金。"

于是，喜鹊和柳树定了新规矩，请它不要让蛇和貂爬到树上，便向下压了压尾巴，抬起头，展开翅膀，离开枝头飞走了。喜鹊伸直了尾巴上的羽毛，四处飞翔，直到找到了一个南瓜。它马上向南瓜报以亲切的问候，说了几句好话，便向南瓜索求它的南瓜子，接着很快地把南瓜子带回给柳树。柳树无比欢快地迎接了它。喜鹊用鸟喙在地上挖了洞，围绕着树将南瓜子种了下去。不久过后，种子开始发芽：它们伸展着自己的枝叶，一天天地生长着，变得越来越壮大，开始侵扰柳树的树枝。它们的大叶子使得可怜的柳树无法享受美丽的太阳与天空。这还不够，这些新长的树枝慢慢结满了沉重的南瓜。南瓜的重量压得柳树的树枝向下弯曲，朝向了地面，承受着巨大的痛苦。

于是，柳树只能抖动它的树枝，使南瓜掉落在地上。许多天过去了，柳树总是抱怨它陷入了圈套，却不肯承认这一切都是自己的责任，然而于事无补。有一天，柳树看到风经过，拜托风把南瓜吹落下来。风吹得很用力，以至于柳树的树干从顶部到根部破开成了两半。柳树倒了下来，成了两半，于事无补地哭泣着，证实了自己生来就没有好日子过。

8

火焰在玻璃工匠的炉灶里已经燃烧了一个月。它们看到一个优雅闪耀的烛台正朝它们靠近，烛台里有一支蜡烛。它们非常想往烛台那去。其中，有一颗火焰离开了它正燃烧着的地方，偷偷地钻进了燃烧的木炭间，从木炭间的一个小缝隙里溜了出来，跳向了蜡烛，来到它旁边，贪婪地吞食了它。将蜡烛吞食完后，火焰想回到它离开的炉灶那儿，却没法回去，只能和蜡烛一起逝去。最后，悔恨不已的蜡烛哭泣着化成了一股让人讨厌的灰烟，离开了它长命并闪耀着美丽火光的兄弟姐妹。

9

葡萄酒，来自葡萄的神圣浆汁，被倒在了一个用贵重黄金做成的高脚杯里，放在了穆罕默德的桌子上。葡萄酒一开始感到非常光荣和自豪，但很快有了另一个相反的想法。它自言自语道："我在做什么？我在高兴什么？难道我意识不到自己正在靠近死亡吗？我快要离开酒杯，离开我所栖身的黄金居所，进入人类身体那肮脏发臭的窟窿里，从香气四溢的甜美酒浆变成臭烘烘的卑贱尿液。这还不够，我是不是还得在肮脏的沟壑中和那些来自内脏的恶臭腐物长时间躺在一起？"葡萄酒朝天空呐喊，恳求上天能为它遭受到的悲惨苦难复仇，以使这苦难不要再发生。除此之外，鉴于那个村镇生产的葡萄是全世界最好的，至少让这些葡萄不要变成葡萄酒。于是，宙斯让穆罕默德喝下去的葡萄酒涌上头顶，让他变得醉醺醺，犯下许多错误。神智恢复后，穆罕默德颁发了一条法令，禁止所有亚洲人喝葡萄酒。就这样，葡萄树和它们的果实都得以安宁了。

10

一只老鼠被一只伶鼬困在了窝里。伶鼬一直在窝外守着，等着吃掉老鼠。老鼠从一个小孔中窥察伶鼬。这时，老鼠看到一只猫来了，猫抓住了伶鼬并吃掉了它。于是，老鼠向宙斯献上了它的许多榛子，向其神性致以深深的感激。接着小老鼠从窝里出来，享受着失而复得的自由。但是很快地，这自由随同老鼠的生命一起被猫的爪牙夺走了。

11. 关于被牙咬到的舌头的寓言 [1]

12

一棵雪松因为自身的美丽变得很高傲，开始鄙视它周围的树木。

---

[1] 这是一则未写完的寓言。

它让自己立在了这些树木的最前面。风一路无阻，将它刮倒在地，连根拔起。

13

一只蚂蚁发现了一颗麦粒。麦粒感到自己被蚂蚁抓住了，便喊道："如果你能发发善心，让我实现发芽的愿望，我会赠与你一百颗像我一样的麦粒。"事情就这样发生了。

14

一只蜘蛛发现了一串葡萄。葡萄的甜美引来了蜜蜂以及各种各样的苍蝇。于是蜘蛛以为它找到了一个可以舒适地织网的地方。它吐出一根细丝，沿着细丝落到了葡萄粒之间，来到了新居所。在葡萄粒的缝隙间，它每天都能捕获可怜的昆虫，这些昆虫注意不到蜘蛛的存在。许多天后，葡萄收获期到了。有人摘下了这串葡萄，和别的葡萄串放在一起榨成葡萄汁。如此，就像之前诱骗苍蝇一样，这串葡萄成了诱骗这只蜘蛛的工具。

15

葡萄叶对自己的篱笆不满意。为了去往对面的篱笆，它让枝叶伸出篱笆，穿过篱笆之间的路，却因此被路过的行人践踏摧残。

16

一只驴在结冰的湖面上睡着了。驴身上散发的热量融化了冰面，驴掉进了水里。更不幸的是，驴醒过来了，很快淹死了。

17

在一座高峰顶端的岩石上，落下了少许雪。雪陷入自我沉思，自言自语道：

"我是不是会被认为很高傲？因为我这么少量的雪竟落在了这么高的一个地方，然而，其他分量更大的雪却落在了比我低的地方。我很清楚，我的分量太少，不配待在这样高的地方，因为我见证了太阳如何对待我的朋友，它们在短短几小时内就融化了。这就是因为它们待在了它们所无法承受的高度上。我想要逃离太阳的愤怒，到下面去，找一个与我的分量相宜的地方。"于是乎，雪往下面跳，并开始滚动。雪从高处滚到另一堆雪上面。它不断地朝更低的地方滚去，分量变得越来越大。滚动到最后，它来到了一座小山丘的顶部。它的体量变得和那座山丘一样大。这堆雪是最后一个被太阳融化的。

这个寓意送给谦逊之人：他们是崇高的。

18

老鹰再也受不了鸭子了，因为鸭子老是逃到水底下藏着。于是老鹰钻进了水里，想着要在水下追逐鸭子。水沾湿了老鹰的羽毛，使得它只能待在水中。而鸭子则跳了出来，戏弄着老鹰。就这样，老鹰淹死了。

19

一只蜘蛛，正想着用网诱捕一只苍蝇，却落入了大胡蜂的圈套中，悲惨地丧了命。

20

老鹰想要戏弄猫头鹰，便收着翅膀一动不动。就这样它被人抓了起来，丧了命。

21

雪松想要在顶部结一颗又大又美的果实。雪松用尽所有爱的力量来做这件事。果实成长着，却压歪了原本笔直挺拔的树顶。

22

桃树很嫉妒它身边结着大量果实的核桃树，它也想这样，便努力地结出同样多的果实，但最后，它无法承受这些果实的重量，被压垮了，最后连根倒在了地上。

23

核桃树向过往的行人炫耀它的累累硕果，于是，每个过路的行人都会摘取它的果子。

24

无花果树由于没结出果子，没人瞧得起它。一次它结出了满树的果子，希望得到人们的赞扬，结果却被人们折损了枝条。

25

榆树旁边的无花果树看着它没有果子的树枝，非常希望太阳能眷顾一下它青涩的无花果。于是，它责怪身边的榆树，说道："噢，榆树，你就不为挡在我前面感到惭愧吗？等着，当我的果子成熟时，你就知道你会置身何处了。"当无花果成熟时，来了一队士兵。这些士兵为了摘取果子，砍掉了无花果树，折损了它的树枝。看着已经被摧残的无花果树，榆树问道："噢，无花果树，与其被这么残酷地对待，没有果子不是好得多吗？"

26

一颗小小的火焰仍然存活在温热的炭灰中的一颗木炭中，借着少得可怜的木块维持着生命。厨师来了，开始烹饪日常餐食，在炉灶里放了其他的木头，扇起了风，使得奄奄一息的火焰重新有了生机。接着，她在整齐的木柴上面放了一口圆锅，便安心地出去了，没有任何顾虑。

这时，火焰开始在干燥的木柴上开心地跳动起来，变得越来越大。它将木柴缝隙间的空气挤走，调皮地钻了进去，与这些木柴混在一起。

火焰从木柴的缝隙间冒出来呼吸，缝隙就像让人愉悦的窗户一样。缝隙间冒出了火红发亮的火焰，驱逐了紧闭着的厨房里的黑暗。壮大的火焰开心地与它周边的空气玩乐，低声吟唱出甜美的声音。

　　看到自己变得如此强大，凌驾于木柴之上，火焰的温良内心开始膨胀起来，变得无比高傲。火焰在木柴上面，感到自己无比优越。

　　火焰开始冒烟，整个炉灶充满了爆裂声和火星。壮大的火焰聚在一起往更高的地方蹿，那些蹿得最高的火焰击打着平底锅的底部。

27

　　一群欧歌鸫看到有人抓住了猫头鹰，紧紧拴住了它的爪子，夺去了它的自由。看到这一幕，这群欧歌鸫非常高兴。随后，借助槲寄生，猫头鹰虽没让欧歌鸫丧失自由，但却让它们丧失了生命。

　　这个故事献给那些为更高阶层的人丧失自由感到幸灾乐祸的民众。这些民众失去了帮助，只能屈服于敌人的力量之下，被敌人剥夺自由，往往也搭上生命。

28

　　狗靠着羔羊睡觉，挨着羔羊的皮肤。它身上的一只虱子闻到了羊毛上的油脂味，想着那可能是一个更好的生存居所，也更安全，因为可以远离狗的爪牙。虱子没再多想便离开了狗，跳进了浓密的羊毛中，吃力地寻找毛的根部。在流了很多汗水后，虱子意识到它这么做徒劳无益，因为羊毛这么浓密，不留任何空间缝隙让虱子抵达皮肤并得以维生。于是，在一番努力过后，虱子想要回到它的狗的身上，但是狗却已经离开了。虱子懊悔了许久，心酸哭泣，最后饿死了。

29

　　一天，剃刀的刀刃从它的鞘壳里伸了出来，待在了太阳底下。看到阳光在刀片上闪耀着光芒，剃刀感到很骄傲，并开始思索，自言自语道：

　　"难道我还要回到那个小作坊里吗？当然不！"神明们不会希望看到这样的美好陷身于卑微的心灵中！如果我要重新回去剃那些乡巴佬沾满肥皂沫的胡子，做机械性的工作，那是多么疯狂的事！这些愚蠢的活儿难道配得上这样的身体去做吗？当然不！我想要藏身于隐秘之处，在那里宁静安逸地度过我的余生。"于是，剃刀躲藏了许多个月。有一天它从鞘壳里出来，看到自己像生锈的锯子一样，刀面再也无法反射闪亮的阳光。它很后悔，为这无法修复的损毁徒然哭泣，自言自语道：

"噢，如果能用我的刀片多练习刮胡子那就好多了！现在我的刀片再也不尖锐了！我那明亮的刀面去哪里了？这让人讨厌的丑陋锈斑侵蚀了它！"

同样的事情也发生在某些聪明人身上。他们不勤加练习，只会偷懒。这些聪明人，就像是寓言里的剃刀一样，失去锐利，让无知的锈斑侵蚀心智。

30

一片小树林边缘的地面隆起处有一块大石头，旁边的更低处有一条多石的路。这块大石头被小草和色彩缤纷、品类多样的花朵包围着。大石头看到它身旁更矮的路上有许多石头，滋生了想要让自己掉下去和它们待在一起的想法。它自言自语道："我和这些小草在这里做什么呢？我想要和我的兄弟姐妹们在一起。"这么说着，它便掉落到了它所心系的伙伴之间。过了一会儿，大石头开始遭到马车车轮的碾压，被马的铁蹄和行人踩踏。被踩的同时，大石头有时会脱落一部分，有时会被污泥或者动物粪便覆盖。石头徒然看着它的旧居所，一个平静、冷清、安宁的地方。

有一些人，本来拥有宁静而适合沉思的生活，却想到城市里去，生活在卑微鄙陋的人群当中。发生在大石头身上的事，同样也发生在这些人身上。

31

一只色彩斑斓的蝴蝶在深色的夜空中随意飞翔。蝴蝶看到一道火光，便马上朝它飞去。蝴蝶绕着火光飞舞，在空中画出圈圈，赞叹火光的美。光是看着火光还不满足，蝴蝶想要停在火光上面，就像停在清香的花朵上一样。它勇敢地飞向火光，而这火光却烧毁了它的翅膀末梢、脚以及身体的其他部位。蝴蝶掉在了火光的脚下，无法理解为什么如此美丽的事物会带来这么大的伤害。恢复力气后，蝴蝶再次尝试飞翔。在飞过火焰的时候，它很快又被烧伤了，掉落在了滋养火光的灯油里。蝴蝶还剩一点精力，还能斟酌让它受到伤害的原因。它对火光说："噢，该死的火光，我以为在你身上找到了属于我的幸福。而如今，我只能为我那疯狂的想法徒然哭泣。受了伤之后，我才认识到你那残忍凶恶的本性。"对此火光回应道："我对那些不知道怎么好好使用我的人这么做。"

　　这个故事写给那些面对世俗欢愉淫欲像蝴蝶一样行事的人。他们奔前走后，不去思考欢愉的本质。他们恣意欢愉，在遭受了羞辱与损伤后，才能认识到欢愉的本质。

32

　　石头在被火镰敲击之后，非常诧异，严厉地说道：

　　"你出于什么原因要来这样骚扰我？不要折磨我，可能你把我认成别人了。我从来没对任何人做过坏事。"对此火镰回应道："耐心点，你会看到我在你身上创造出的奇迹。"于是石头平静了下来，耐心坚强地忍受折磨，直到它看到自己身上生出了奇妙的火。火凭着自己的禀赋，被用在数不清的事情上。

　　这个寓言写给那些被学习的困难吓倒的人。耐心地学习，不断往前，将会收获非凡的成果。

33

　　一只蜘蛛，以为自己在钥匙孔内找到了可以休息的地方，却失去了生命。

34

　　一位平民在特日诺河畔打瞌睡。水流漫过河畔，卷走了平民。

35

牡蛎和别的鱼一起被渔夫带到了海边的房子里。牡蛎恳求老鼠把它带回到海里。老鼠打算把牡蛎吃掉，便让牡蛎打开外壳，开始咬牡蛎。这时牡蛎合上了壳，夹住了老鼠的头，使它无法动弹。这时候来了一只猫，把老鼠杀死了。

36

农夫看到葡萄树的用处，便用许多柱子将其高高地支撑起来。收获了果实后，农夫卸下了柱子，任由葡萄藤掉落在地，用柱子来生火。

37

螃蟹待在一块石头下面，以便抓捕进入石头底缝的鱼。一股潮水急促涌来，使得石子纷纷滑落，非常危险。这些石子翻滚着，压碎了螃蟹。

38. 同上一则

蜘蛛在葡萄粒的缝隙间待着，抓捕停在葡萄上的苍蝇。葡萄收获期到来，蜘蛛和葡萄一起被压成了葡萄汁。

39

一棵老树上的葡萄藤逐渐衰老。随着树木残毁，葡萄藤也跟着掉落了下来。可悲的陪伴，使得葡萄藤和老树一同消逝。

40

激流给它的河床带来了许多泥土与石头，让它不得不换一条路。

41

渔网通常用来捕鱼，却被一群愤怒的鱼裹挟拖走了。

42

雪球从山上滚落下来，滚动的时间越长，体量变得越大。

43

柳树经过长时间的发芽生长，长得比所有其他的树木都要茂盛。柳树与葡萄藤长在一起，葡萄藤每年都会被修剪。柳树也因此总被损毁。

44

水回到了浩瀚的大海里，成为其中的一分子，产生了在空中飞翔的想法。在火的帮助下，它变成了轻盈的蒸汽往上升，几乎跟空气一样轻薄。蒸汽越升越高，在与火分离后，接触到了更冷更轻的空气。水粒子越来越紧凑，汇聚在一起，变得越来越重。这时，它们从空中落下，被干涩的土地吸收。就这样，水长久地成为土地的囚犯。水对自己犯下的错误后悔不已。

45

火光是蜡烛上贪婪的火。它消耗了蜡烛也消耗了自己。

46

葡萄酒被醉酒之人消耗。
葡萄酒报复饮酒之人。

47

墨水因颜色无比乌黑而被洁白的纸张鄙视，因为纸张看到它被墨水沾污了。纸张看着自己被乌黑的墨水弄得墨迹斑斑，感到很痛苦。墨水表示，它在纸张上写下的文字，是其被保存下来的原因

48

火烹煮着石锅里的水，说这水没资格待在火上面，火是所有元素

的王，于是便用力地烹煮将水从石锅里赶走。水为了让自身光荣地顺从于火，溅落下来，熄灭了火。

49

画家与大自然争辩较量。

50

刀子是人造的武器，迫使人露出天然的武器——指甲。

51

镜子因为映射了女王的形象而感到非常自豪。自从女王不再照镜子，镜子再度自惭形秽。

52

沉重的铁在锉刀的打磨下变成了一堆细粉。一阵轻风飘过，把它带走了。

53

一棵树身边靠着一根干枯衰老的木柱，还围绕着一些干荆棘。树因此感到很痛苦。但是，木柱使它保持直立，荆棘保护它，使它远离可悲的陪伴。

54

鹅毛笔与墨水瓶之间的相互陪伴是必要且有用的，因为一个离了另一个就一文不值了。

三、动物寓言

1. 美德之爱

平原鹦是一种鸟。据说把它带到一个将死的病人面前，它的头会转来转去，以逃避病人的目光。但当病人转过头去，这只鸟便不会把目光从他身上移走，这似乎是病人痊愈的原因。

同样，美德之爱从来不会注视卑贱低劣之物，而总是和真挚且德行高尚之物待在一起。它的故土是高贵的心，就像绿色丛林里生活在繁花盛开的枝头上的鸟一样。比起繁荣的时刻，逆境更能显现出这种爱，就像是火光，在越黑暗的地方越耀眼明亮。

2. 嫉妒

书上写道，如果红鸢看到它窝里的幼鸟长得太肥壮，就会因嫉妒去啄它们的肋骨，让它们无法再进食。

3. 欢乐

欢乐是属于公鸡的。它看到什么都会高兴，会一边唱歌，一边快活地做出各种好玩的动作。

4. 悲伤

悲伤就像是乌鸦看到它的幼崽披着白色羽毛出生时的感觉一样。乌鸦会感到极度痛苦和深深的遗憾并疏离幼鸟，只有当看到幼鸟长出一些黑色羽毛时才会回归。

5. 和解

书上写道，当海狸被追捕，无法逃脱的时候，会停下来。它知道它的睾丸有药用功效，为了和捕猎者达成和解，它会用尖利的牙齿把睾丸割下，留给它的敌人们。

6. 愤怒

据说熊靠近蜂巢夺取蜂蜜的时候，蜜蜂会蜇它。接着它会放下蜂蜜，追赶着反击。它想报复所有蜇它的蜜蜂，却因此一只都报复不到。他从恼怒变为大怒，会扑倒在地，四肢乱晃与蜜蜂对抗，却无济于事。

7. 感恩

据说喜鹊具有感恩的美德。它们知晓赐予它们生命和食物的生养之恩。当父母变老时，它们会为其造窝，照顾它们，喂养它们，用鸟喙清理它们衰老朽迈的羽毛，找来草药帮它们恢复视力。

8. 贪婪

癞蛤蟆以泥土为食，它总是很瘦，因为它总是吃不饱，总是非常害怕泥土不够。

9. 忘恩负义

鸽子是忘恩负义的代名词。当它们到了不需要被喂养的年纪，就会开始和父亲作斗争，一直到把父亲赶走，把父亲的妻子占为己有。

10. 残忍

翼蜥是如此残忍，当它没能用有毒的眼神杀死动物时，会将目光转向花草树木，紧盯它们，致其枯萎。

11. 自由

据说老鹰从来不会饿到不愿分一部分捕到的猎物给它身边的鸟。这些鸟无法自己捕猎，必须通过奉承讨好老鹰，才能吃到东西。

12. 纠正

当狼在家畜休息的棚外转悠，爪子不小心弄出声响时，它就会咬自己爪子以纠正这种失误。

13. 谄媚或者奉承

美人鱼妖的歌声如此甜美，在水手们听得沉沉入睡后，美人鱼妖爬到船上，杀死沉睡的水手。

14. 谨慎

蚂蚁出于天性会为冬天的到来提前做好储备，把收集到的种子破坏掉，让它们无法发芽。冬天时蚂蚁便能靠这些过活。

15. 疯狂

野牛讨厌红色。捕猎者在树干下部围一圈红色，野牛便会愤怒地冲向大树，用力之猛使得牛角扎进了树干里。此时，捕猎者便能杀死它。

16. 正义

蜂后身上可见正义的美德。蜂后负责指挥以及合理地安排每一件事，让一部分蜜蜂去收集花粉，一部分蜜蜂对其进行加工，一部分蜜蜂对抗大黄蜂，一部分蜜蜂负责清理脏污，一部分蜜蜂陪伴和讨好蜂后。当蜂后老去，失去双翼，这些蜜蜂会伴随其左右。如果有蜜蜂惰于服务，就会受到严厉惩罚。

17. 真理

山鹑从别的鸟那偷来鸟蛋。然而，偷来的蛋里孵出来的雏鸟总是会回到真正的母亲身边。

18. 忠心或诚挚

鹤忠心耿耿，诚恳真挚。它们的国王夜里睡觉时，一些鹤会到草地上去，在周边远远地守护着。一些鹤会待在近一点的地方，爪子里夹一块石头，这样一来，当不小心被睡意征服时，石头就会掉下来，发出噪声把自己叫醒。一些鹤会围在国王身边睡觉。鹤群每天夜里都会这么做，轮班值岗，保护它们的国王。

19. 虚假

当狐狸看到一群喜鹊或寒鸦等类似的鸟儿时，会马上倒在地上，张着嘴巴装死。这些鸟便会想要去啄狐狸的舌头，一旦它们这么做，狐狸便会咬住鸟头。

20. 谎言

鼹鼠的眼睛非常小。它总是待在地底下，它能活多长时间，就能藏多长时间。如果它从地底下出来，会因为被发现而很快死掉。谎言也一样。

21. 力量

老虎不畏惧任何东西，能够勇敢无畏地与众多捕猎者战斗，总是尽力去打倒第一个攻击它的人。

22. 恐惧或者胆怯

野兔总是对什么都感到害怕。秋天时，从树上落下的树叶也总是会吓到它，经常让它四处逃窜。

23. 高贵

猎鹰从来不会抓不肥壮的鸟：它宁愿饿死自己，也不会食用那些小个头的鸟或腐臭的肉。

24. 虚荣

提到这一恶习，便要说说孔雀。书上说孔雀是虚荣的动物，因为它总是陶醉在对自己美丽尾巴的欣赏中。它将尾巴展开成圆形，啼叫着，把周围动物的眼神都吸引到它身上来。

这是最难战胜的恶习。

25. 坚韧

坚韧是凤凰的品质。凤凰有复活重生的禀赋。它坚定不移地保持燃烧的火焰，身体不断被侵蚀，直至在火焰中获得重生。

26. 善变

燕子是善变的：它总是在不断迁徙，因为它无法忍受一丝不适。

27. 自律

公骆驼是最好色的动物，它可以跟在母骆驼身后走上千里路。但它从不会碰它的母亲或姐妹，因为它非常自律。

28. 放纵

独角兽有放纵的恶习。它很难被击倒。但是，它会因为对少女的热爱，而忘掉它的凶猛与野性，抛开所有疑虑，来到坐着的少女身边，在她的怀中睡着。如此，捕猎者便能抓住它。

29. 谦卑

羔羊是谦卑的专家。羔羊可以服从任何动物，当它被当作食物带到笼中的狮子前时，它会像对待自己的母亲那样顺从狮子。狮子常常因此不愿意杀死它。

30. 骄傲

高傲自大的猎鹰总想要支配所有其他肉食鸟，独占鳌头。猎鹰经常会去袭击作为百鸟之王的老鹰。

31. 节制

野驴去到泉水边，如果看到水流湍急，便会等待水流平缓下来。

它从不会因为口渴而忍不住去冒险。

32. 贪食

秃鹰非常贪食，它会为了吃一副骨头而飞上好几千里。因此，为了啄食死掉的士兵的尸体，它会追随队伍行进。

33. 贞洁

斑鸠从不会辜负它的伴侣。当它们其中一只死亡，另一只会一直保持贞洁，不会再驻足于绿枝上，不会再饮用清澈的水。

34. 色欲

蝙蝠毫无节制地纵欲。任何关于纵欲这一恶习的约束规则，蝙蝠都不会去遵循。相反地，只要两只蝙蝠凑到了一起，不管是两只公蝙蝠，还是两只母蝙蝠，它们都会交媾。

35. 节制

银鼠非常节制，每天只会进食一次。如果它被猎人追捕，它宁愿被抓，也不愿逃到满是污泥的洞穴中去。

这样做是为了不玷污它的优雅。

35.（重复）

节制的品性可以克服所有恶习。银鼠宁愿死去也不愿受到玷污。

36. 鹰

鹰年老时，有时会因为飞得太高而灼伤自己的羽毛。禀赋使得它在落入浅水中后，可以变得年轻一些。如果它的幼鸟们无法直视太阳，它就不会喂养它们。任何不想死的鸟都不会去靠近它的窝。动物十分害怕老鹰，但是老鹰不会伤害它们。它总是会留给它们吃剩的猎物。

37. 神鸟

　　神鸟出生于亚洲，它发出的光芒耀眼夺目，因此它也没有影子。神鸟即便在临死前，也不会失去光芒。它的羽毛从不会掉落，掉落的羽毛再也无法发光。

38. 塘鹅

　　它深深爱着它的幼鸟，当发现窝里的幼鸟被蛇咬死，它会刺破自己的心脏，将鲜血洒在幼鸟身上，浸润它们，让它们恢复生命。

39. 蝾螈

　　它的身体敏感，对除了火之外的食物不感兴趣。在火中，它的皮肤焕然一新。

　　蝾螈的皮肤在火中变得细腻，这是天生的能力。

40. 卡玛列恩鸟

　　它活在空中，因为它受制于所有其他的鸟类。为了存活它会飞在云上，那里的空气如此稀薄，其他的鸟无法适应，因此无法追击它。

　　只有具备相应的能力，才能飞翔在那样的高空中。那是卡玛列恩鸟翱翔的地方。

41. 黑头鱼

　　黑头鱼无法在没有水的地方生存。

42. 鸵鸟

　　鸵鸟从铁中获取养分，好比将军以武器维生。它孵蛋时会目不转睛地盯着蛋。

43. 天鹅

　　天鹅是洁白的，没有污斑，在将死之时，会甜美地歌唱，在歌声中结束它的生命。

44. 鹳

通过饮用盐水来驱逐病痛。如果发现伴侣不忠，便会离开它。当它老了，它的孩子们会照料它、喂养它，直到它死去。

45. 蝉

它用歌声使布谷鸟安静；它在油里死去，在醋中重生。它歌唱暑热。

46. 蝙蝠

在越明亮的地方，它的视力就越差，越看太阳，眼睛越看不见东西。

它的恶习使它无法在美德存在的地方居住。

47. 山鹑

它从雌性变成雄性，忘记初始的性别。出于嫉妒，它会偷别的鸟的蛋，孵出幼鸟。然而孵出的幼鸟还是会找回它们真正的母亲。

48. 燕子

它使用白屈菜，使生来眼盲的幼鸟重见光明。

49. 牡蛎

背叛。它在满月的时候会完全张开壳。当螃蟹看到它张开，会往里面丢一些小石头，使得它无法重新合上，变成螃蟹的食物。

同样的，那些张开嘴泄密的人，会成为险恶听者的猎物。

50. 翼蜥：残忍

所有蛇都会逃离它。伶鼬与它对抗的时候，使用芸香杀死他。

这是芸香的优点。

51. 毒蛇

它的牙齿致命。为了不听到哀求声，它会用尾巴堵住耳朵。

52. 龙

它捆住大象的爪子，大象因此跌倒在龙的身上，双方都因此丧命。大象用生命报了仇。

53. 蝰蛇

在交配的时候，它会张开嘴，磨牙凿齿，将雄性伴侣杀死。幼蛇在母蛇的身体里生长，长大后会破开蝰蛇的腹部钻出来，将其杀死。

54. 蝎子

蝎子的唾液若喷到他人身上，是致命的。

同样地，节制食欲，远离致病的食物，可以赶走病痛，开启美德之路。

55. 鳄鱼：虚伪

这动物抓到人就会把他马上杀死。人死了之后，它会发出哀怨的声音并且流泪哭泣。接着，便会残忍地将其吞食。

这是虚伪者的所作所为。虚伪者为每一件小事泪流满面，总是露出一副悲悯的表情，却会因为别人的痛苦而喜悦。

56. 癞蛤蟆

癞蛤蟆逃避阳光。当它被迫待在阳光中，身体就会鼓胀，如此便可以把头藏起来，不会晒到阳光。

同样地，敌视耀眼美德的人，当必须面对美德时，必须使其内心膨胀。

57. 毛虫：论美德

毛虫花很长时间去研究和练习纺织的精妙技巧，细致地在身体周边建起新的居所。建完后，它会破茧而出，展开五彩翅膀，飞向天空。

58. 蜘蛛

蜘蛛会自己编织出精致巧妙的网，这个网用逮住的猎物来回馈它。

59. 狮子

在幼崽出生的第三天，狮子会用怒吼将它们唤醒，去除它们的浑噩。怒吼使丛林里的其他猛兽四处逃窜。

你可以将其与美德之子相类比。在听到赞颂之声后，美德之子便会觉醒，在荣耀中学习成长，越变越好。而卑贱的人在听到这样的声响时，会逃跑，远离美德。

除此之外，狮子会遮掩它的脚印，使得敌人无法尾随其踪迹。

这对将领们很有用：将心中的秘密隐藏起来，使得敌人无法得知其所走的每一步。

60. 塔兰图拉毒蜘蛛

一旦被塔兰图拉毒蜘蛛所咬，被咬者的思绪便被定格于被咬的那一瞬间。

61. 仓鸮与猫头鹰

它们会夺去那些取笑它们的动物的生命。这是天性使然，如此它们才得以进食。

62. 大象

大象有一些人类不具备的天性：正直、谨慎、公正和遵循信仰。新月期间，大象会来到河里，庄严神圣地洗沐，向大地致敬，然后回到森林中去。当它们生病，会仰卧着朝空中抛草，似乎正在将自己献祭。当它们老去，会将掉下的象牙埋在土中。它的两只牙，一只用来挖根以便进食，另一只保持尖利用来战斗。当它们因为体力不支被捕猎者征服时，会敲击象牙，以此获得救赎。它们宽宏大量，懂得如何辨别危险。如果一只大象发现有人迷路，会很乐意将其带回正途。如果它在看到人之前就发现了人的足迹，因害怕被背叛而停下来，大声喘气，向其他大象示意。如此，它们会小心谨慎地列队行走。大象们总是列队行走，最年长的大象走在最前面，次年长的大象走在队尾。它们有羞耻心，只会在夜晚和隐秘的地方进行交配。交配之后，它们会去到河边，清洗干净后才会回到象群中去。它们不会像其他动物那样，为了雌性互相斗争。它们宽宏大量，天性使它们不愿恶意伤害弱小者。它们撞见别的兽群或羊群时，会收起象腿，以免踩伤它们。它们不会去伤害别人，除非被挑衅激怒。

当有大象掉进了洞里，其他大象会往洞里扔树枝、泥土和石子，让洞的底部升高，这样就能轻松地使得掉进去的大象重获自由。它们害怕野猪刺耳的叫声。如果它们被野猪追着逃跑，它们可能会视野猪为敌人，它们的象爪可能会伤害到野猪。它很喜欢河，经常在河边转悠，但由于体型太重，无法在河里游泳。它们吞食石头，树干也是它们十分喜爱的食物。它们讨厌老鼠。苍蝇因为喜欢大象的气味而停落在其身上，大象会皱起皮肤把苍蝇夹死在褶皱里。它们经过河流时，会让小象走在浅水处，大象走在深水处，这样可以阻断急流，以免小象被冲走。

龙用身体扳倒大象，用尾巴将其四肢捆绑起来，用翅膀缠绕它的侧身，用牙齿撕咬它的喉咙。然后，大象会跌倒在龙身上，把它压扁。如此一来，敌人也会丧命，大象便报了仇。

63. 龙

龙成双成对，呈网格状交织在一起，穿越沼泽的时候高抬着头，在可以找到最优质食物的水域中游行。如果它们不缠绕在一起，便会淹死。这便是它们团结在一起的意义。

64. 蛇

蛇的体型非常大。当它看到鸟儿在空中飞翔，会用力吸气，将鸟儿吸进嘴里。马尔库斯·雷古鲁斯是罗马军队的将领，他在行军时被一只类似的动物袭击，差点死亡。人们用攻墙武器杀死它后，对其进行丈量：它身长共 125 英尺，大约相当于 64.5 臂尺 [1]（约 38.1 米）。如果算上头部，它的身长便高于丛林里的所有树木。

65. 蟒蛇

这是一种大蛇。它可以用身体缠住母牛的腿使它动弹不得，然后拧住它的乳房，挤干它的乳汁。克劳狄乌斯国王时期，人们在梵蒂冈山上捕杀过这种曾囫囵吞下一个小孩的蟒蛇。

66. 驼鹿：在睡眠中被捕获

这种动物出生在斯堪的纳维亚岛。如果不是长着长脖子和长耳朵，那它看起来会跟马一样。它嘴巴朝后嚼草，因为它的上嘴唇很长，进食的时候会盖住草。它的腿不能弯曲，需要靠着树睡觉。猎人看到它用来睡觉的树，会锯断大部分树干。鹿再次靠着树干睡着时，树干便会倒下。这时猎人便能把它抓住。别的任何方法都无法抓住它，因为它奔跑的速度让人难以置信。

67. 野牛：逃跑时制造损害

它出生在培奥尼亚，脖子上长着鬃毛，类似马的鬃毛。它的其他部位跟公牛相似，不同之处是它的犄角，由于向后弯曲，无法用来打斗。因此，为了活下来，它必须逃跑。它会在逃跑的过程中排便，粪便可以覆盖大概 400 臂尺（约 236 米）那么长的路途。粪便所碰之处都会像火一样灼烧。

---

[1] 译者注：臂尺（braccio）为长度单位，各地规定有所不同，在米兰 1 臂尺约合 0.59 米。参考 Italy. Ministero di agricoltura, industria e commercio.*Tavole di ragguaglio dei pesi e delle misure già in uso nelle varie provincie del regno col peso metrico decimale approvate con decreto reale 20 maggio 1877, Edizione 3836*，Stamperia reale:Torino,1877, p.507; DUANE, Charles D.DUANE, Charles D，*The Circumference Measurements of Milano*，Raccolta Vinciana,2001,XXIX，pp.191-215.

68. 狮子、豹与老虎

这些动物的脚掌藏有尖锐的爪子，在不用来扑杀猎物和敌人时，是不会露出来的。

69. 母狮

当母狮保护幼狮不让它们落入猎人之手时，为了不让幼崽被猎人的武器吓到，会让它们的视线朝向地面，这样它在逃跑的时候幼崽们就不会被抓到了。

70. 狮子

骇人的狮子什么都不怕，除了马车发出的鸣声。这鸣声有点类似公鸡的鸣叫声。它害怕看到公鸡，总是会面带惧色看着它的鸡冠。它接触到公鸡的眼神时，会十分惊恐。

71. 非洲豹

它长得像母狮，但是腿更长一些，躯体更纤细一些。它全身是白的，点缀着小玫瑰形状的黑斑。所有动物都很乐意欣赏它，如果不是害怕它吓人的目光，它们会愿意经常在它周围待着。它知道这一点，会把脸藏起来，动物们感到安全，去接近它，以便更好地欣赏它漂亮的斑纹。这时它会迅速抓住最近的动物并马上把它吃掉。

72. 骆驼

巴克特里亚骆驼有两个驼峰，阿拉伯骆驼有一个驼峰。行军时，它们的速度很快，驼载大件货物也很有用。这种动物很有原则，当它载重过度时，是不会动的。同样地，当它走了太多的路时，也会停下脚步，如此一来，商人们也可以休息一下。

73. 老虎

老虎出生在希尔卡尼亚洲。它身上的斑点与豹相似，是一种速度惊人的动物。猎人找到它的幼崽时，会马上抓住它们，在原地放几面镜子，然后坐在快速奔跑的马背上逃跑。老虎回来之后，看着地上的镜子，会以为看到了自己的幼崽，但它用爪子一刨土，发现这是骗局。于是，它会追踪幼崽的气味，赶上猎人。当猎人看到老虎跟过来，会留下一只幼崽。老虎把这只幼崽带回窝里后，又会赶回猎人那里。猎人会重复同样的举动，直到上了船。

74. 卡托布雷亚

这种动物生于埃塞俄比亚，靠近青尼罗河的源头。它的体形不是很大，浑身懒洋洋的，头很大，抬起头很艰难，因此经常低头朝地。如果它不低头说话，这对人类来说会是大灾祸，因为人只要接触到它的眼神就会死亡。

75. 翼蜥

它出生于昔兰尼加，身长不超过十二指，头上有一块白斑，就像是王冠一样。它发出的咝咝声可以赶走别的蛇。它长得跟蛇很像，但它不蜿蜒爬行，而是直线爬行。据说有一只翼蜥在被骑马的人用棍子打死后，它的毒液沿着棍子流动，毒死了人和马。它让小麦枯萎，它碰到过的地方，以及留下它气息的地方，都会受到破坏。它能使草干枯，使石头开裂。

76. 伶鼬

它找到翼蜥的巢穴后，会四处撒尿，用尿液的气味把翼蜥杀死。有时候，尿液的气味会使伶鼬自己也丧命。

77. 蝰蛇

它有四只会动的角：当它想进食的时候，会把身体藏在树叶底下，伸出小触角，动来动去。鸟看到这触角，以为是在玩乐的虫子，便会很快飞下来啄食它们。这时，蝰蛇会马上缠住它，将其吞食。

78. 双头蛇

这种蛇有两个头，一个在正常的地方，另一个在尾巴上。对它来说，似乎一个头还不足以用来分泌毒液。

79. 标枪蛇

它待在树木上。它会从树上跳下来，在野兽间穿行，使其丧命。

80. 蝮蛇

被这种蛇咬到没有任何解毒方法，只能把被咬之处切下来。这种可怕的动物对它的伴侣用情至深，总是与伴侣双双相伴。如果它们当中有一只不幸被杀死了，另一只就会以难以置信的速度追赶凶手，用尽心思急于报仇，克服任何困难。它穿过行军的士兵队列，只关心如何杀死它的敌人。它经过每一个地方，没有什么能使它停止追逐，除非被追之人经过了水流，或者用极快的速度逃跑。它的眼睛往里陷进去，耳朵很大，耳朵比眼睛更能给它指路。

81. 埃及獴

这种动物是毒蝰蛇的天敌。它出生于埃及。当它看到它的窝边出现毒蝰蛇，会马上跑到泥泞的地方或者尼罗河边的泥地，身上滚满污泥，再在太阳底下晒干。它会这样重复三四次，直到泥土变成甲壳般的外衣。接着，它会攻击毒蝰蛇，与其斗争，伺机将其吞进喉咙，使其丧命。

82. 鳄鱼

它生于尼罗河，有四条腿，无论在地上还是水里都是致命的动物。没有别的动物像鳄鱼那样，没有舌头，咀嚼的时候只移动上颌。它能长到四十英尺（约 12.2 米）长。它长着利爪，其外壳可以抵抗任何打击。白天它待在地上，晚上待在水里。它以鱼为食，在尼罗河岸边张着嘴睡觉。有一种鸟非常小，被称为特罗绮罗鸟，看到张着嘴的鳄鱼，会跑进它的嘴巴里，在牙齿之间跳来跳去，里里外外地啄食食物残渣。

特罗绮罗鸟愉悦地为其剔牙，让鳄鱼把嘴完全张开。鳄鱼就这样陷入了沉睡。埃及獴如果看到这一幕，会马上跳进鳄鱼嘴里，穿过它的肠胃，将其杀死。

83. 海豚

大自然赐予了它一种认知能力，使得它除了知道自己的优点，也能感知敌人的弱点。海豚很清楚自己的背鳍何其锋利，而鳄鱼的腹部又是何其柔软。因此，当它与鳄鱼对抗时，会游到鳄鱼底下，切破它的肚子，将其杀死。

鳄鱼对逃跑者穷凶极恶，但被捕杀时则变得软弱无能。

84. 河马

河马感到身体过重时，就会去寻找荆棘或者被割剩下的芦苇，用其割破一根血管使自己出血。在放出足够的血之后，它会用泥土止血，修复伤口。它长得像马一样，偶蹄，短尾巴，牙齿如野猪的一般，脖子上长着鬃毛。它的皮没被水浸湿时，是无法被刺穿的。它以田野的麦子为食。进入野地的时候它会倒着行走，看起来就像刚刚要从地里走出来一样。

85. 白鹮

这种鸟长得像白鹳。生病的时候，它会用水填满肚子，用鸟喙清洗肠胃。

86. 鹿

当它被黑寡妇蜘蛛咬到时，会吃一些螃蟹来解毒。

87. 蜥蜴

当它和蛇战斗时，会吃一些苦苣菜，如此便能逃脱。

88. 燕子

它使用白屈菜的汁液使眼盲的幼鸟获得视力。

89. 伶鼬

它在驱赶老鼠的时候会先吃一些芸香。

90. 野猪

它会吃常春藤来治愈伤口。

91. 蛇

当它想要蜕皮时，会从头部开始蜕掉旧皮，在一天一夜内便能完成蜕变。

92. 豹

即便它的内脏都掉落出来，也依旧坚持和狗以及猎人抗争。

93. 卡玛列恩鸟

它的颜色会变成其所在之处的颜色。当它待在树枝上的时候，会被以树枝为食的大象误食。

94. 乌鸦

在杀死了卡玛列恩鸟之后，它会用桂叶清洗自身。

95. 先见之明

公鸡在唱歌之前都会拍打三次翅膀。鹦鹉在飞到另一段树枝上之前，会先用鸟喙触碰树枝，再把爪子停在上面。

96. 绿蜥蜴对人类很忠诚

人入睡时，它会与蟒蛇对抗。如果它发现无法战胜蟒蛇，会跑到人脸上去，把人叫醒，使得蟒蛇无法趁人睡着时攻击他。

四、预言

1

人们将看到，狮子用锋利的爪子在地上刨洞，把自己以及向自己臣服的动物埋在洞里。

2

披着黑皮的动物将破土而出，突袭人类，凶残撕咬，吞食人肉，与人血液交融。

3

还有一种残忍的飞禽将从空中飞来，袭击[1]人类和其他动物，在啃咬、吞食之间发出巨大声响，用朱红色的血填满腹胃。

4

人类将看到血液从撕裂的皮肉中涌出，浸泡人皮。

5

一场恶疾将肆虐人间，它如此凶险，以至于人类会用指甲撕裂自己的皮肉。

这种病就是疥癣。[2]

---

[1] 这句话主语 nefanda spezie volatile（一种残忍的飞禽）的人称是第三人称单数，而谓语动词 assaliranno（袭击）是第三人称复数的变位形式，这可能是因为之前主语的人称是第三人称复数。

[2] 这句为谜底，特用不同字体区分，下同。——编者注

6

人们将看到树木无叶，河水不流。

7

海水会上升，越过高山山顶，直奔天际，然后降落在人类的居所。
因为海水变成了云。

8

人们将看到狂风把树林里最高大的树从东方刮到西方。
指渡海。

9

人们将扔掉自己的粮食。
指播种。

10

人类将无法理解对方所说的话。
比如一个德国人和一个土耳其人在一起时。

11

人们将看到父亲放弃对女儿的一切保护，把女儿送给男人纵欲，
还会给他钱财。
当女孩嫁人的时候。

12

死人将变成会飞的动物，飞出坟墓，攻击其他人类，抢走他们手
中和饭桌上的食物。
苍蝇。[1]

---

[1]　从尸体中生出的苍蝇。

13

很多人将把母亲的皮剥下来，翻过来。

耕地的人。

14

倾听[1]逝者之言会幸福。

阅读佳作并遵循其中的道理。

15

人会被羽毛抬起，像鸟一样在天空中飞翔。

指的是用羽毛笔写的信。

16

人类将死于自己亲手制造的东西。

剑和矛。

17

人类将追求自己最害怕的东西。

指人为了避免落入惨境而变得悲惨。

18

分散的东西将聚合起来，把人类失去的记忆还给他们。

莎草纸由分散的莎草组成，上面记载着人类的所作所为。

19

人们将看到，飞速旋转的死人骨头决定转动者的时运。

骰子。

---

[1] 在倾（presteranno）前面有一个被划掉的词 osserverano（遵守）。

20

公牛用角保卫火苗，防止它熄灭。
提灯。[1]

21

丛林之子将致使丛林灭亡。
斧子的手柄。

22

人类将痛打自己的养育者。
打麦子。

23

动物的皮将打破沉默，让人大声喊叫，诅咒谩骂。
比赛中的球。

24

破碎之物往往能实现高度的整合。
竹子被劈开后可以做筘齿，而筘齿可以把线织成布。

25

掠过动物皮的风会让人跳起来。
指的是让人起舞的风笛。[2]

---

[1] 译者注：以前意大利的提灯是用公牛角做成的。引自 Leonardo (da Vinci), Jean Paul Richter. *The Notebooks of Leonardo Da Vinci,* Volume 2, Dover Publications:New York,1970, p.357.

[2] 译者注：风笛的气囊由动物皮制成。

26. 被砸的核桃 [1]

表现越好的，挨的打就越重。它们的骨头会损伤碎裂，它们的孩子会被人带走，被人剥肤扒皮。

27. 雕塑
唉！我看到救世主再次被钉死在十字架上。

28. 人类的嘴是坟墓
如果一个人在暴行中惨死，那么他的坟墓就会发出巨大的声响。

29. 写有文字的动物皮保持着触感 [2]
皮是情感的外衣，对皮说的话越多，获得的智慧就越多。

30. 携带圣餐面饼的神父
人们将在世界各地的街道上看到，几乎所有供奉着天主的神龛都可以独自行走。

31

食草者将把黑夜变成白昼。
动物油脂。 [3]

32

很多地上跑的和水里游的动物将飞到星际。
星宿。

---

[1] 此标题即为谜底，本章下同。——编者注
[2] 皮肤在和活体连在一起时拥有触觉，在变成羊皮纸后可以收集人类的思想和情感。
[3] 译者注：动物油脂可以做灯油。

33

人们将看到死物把活人带到各处。

车与船。

34

许多张嘴里的食物会被拿走。

炉灶里的食物。

35. 炉灶 [1]

人们亲手喂给它们食物，再把食物从它们口中拿走。

36. 出售的耶稣受难像

我再次看到耶稣被出卖，被钉死在十字架上，看到圣徒再次殉教。

37. 医生靠病人生活

人类将道德败坏，在他人遭受病痛，丢失真正的财富时欢欣鼓舞。真正的财富指的是健康。

38. 靠久逝圣人生活的修士

死人会在千年后维持许多活人的生计。

39

石头可以变成石灰，建造监狱的墙壁。

很多东西将在火中四分五裂，继而夺去其他人的自由。

40. 哺乳期的婴孩

在能够开口说话前的好几个月里，很多方济各会修士、多明我会

---

[1]　看到这个标题后便无需解释了。

修士和本笃会修士会吃其他人也曾吃过的东西。

41. 离开大海后在壳中腐烂的贝壳和海螺

噢，多少人死后会在自己家中腐烂，使得周遭一片恶臭扑鼻！

42

冬天藏在雪中的一切都会在来年夏天一一显现。

谎言是藏不住的。

43. 寒鸦和小椋鸟

若与那些惯于大批群居的动物同住，将会惨死。人们将看到父母家人被那些残忍的动物残杀吞噬。

44. 穿衬衣干活的乡下人 [1]

夜幕将从东方降临，为意大利上方的天空染上昏暗的颜色。

45. 理发匠

所有人都将逃到非洲。

46. 预测 [2]

将每个月份及习俗仪式都排好顺序，如同排好每个白天和黑夜。

47. 锯木匠

很多人将手持锋利的铁器，此进彼退。折磨他们的无非是疲惫，因为当一个人向前走时，另一个人就要往后退。可怜的是处在他们中间的人，此人终将被碎尸万段。

---

[1] 这一段和下一段的标题与预言本身关系不大。

[2] 这段预测写在纸张上方，像是一则备忘录，而非文本的一部分。见第 134 则预言及注释。

48. 缫丝车

人们将听到那些被剥光衣服、遭受折磨的物体发出悲苦的呐喊、刺耳的尖叫和嘶哑而微弱的声音，它们最后将赤身裸体，一动不动，而这正是这台驱动一切的机器运转的原因。

49

把面包放进炉灶里，再把面包从炉灶里拿出来。

出于对食物的渴望，所有城市、所有地方、所有城堡、所有别墅、所有房屋里的人都会从彼此口中拿走食物，任何人都无法抵抗。

50. 被耕耘的土地

人们将看到土壤从地下翻到地上，在两个半球之间彼此转换，看到猛兽的洞穴被掀开。

51. 播种

许多活着的人将把存粮抛出家门，不管不顾，任由天上飞的鸟儿和地上跑的动物肆意啄食。

52. 让河水激荡，冲走土壤的雨

它将从天而降，把非洲的一大部分带到欧洲，把欧洲的一大部分带到非洲，各个地区彼此交混，乱作一团。

53. 烧砖和石灰的火窑

长达数日的大火终将把土壤变红，让石头成灰。

54. 燃烧的木头

辽阔丛林里的树和灌木将化为灰烬。

55. 炖鱼

水里游的动物将在沸水中丧生。

56

从树上落下的橄榄可以榨出油，用作灯油。

它怒气冲冲，从天而降，将带给我们养分和光明。

57. 被捕鸟器捕获的猫头鹰和雕鸮

那些出没在黑夜里的可怕动物会让许多人眼球进出，头破血流而死。

58

破布里的亚麻可以做成纸张。

遭受过压迫、折磨、苦难，经历过重重打击的人会获得尊敬和荣誉。人们会怀着敬爱之心听从他的话语。[1]

59. 提供教诲的书籍

没有灵魂的躯体会用格言告诉我们如何善终。

60. 经受击打和鞭笞的人

人们将躲在树皮下，一边厉声尖叫，一边鞭打自己的身体，让自己成为殉道者。

61. 淫欲

人们将追求最美事物的最丑部分，为之发狂，将其占有，操作一番，然后通过自责和苦修平复心绪，欣赏自我。

62. 贪婪

很多人将劳心费神，勤奋刻苦地追求自己害怕的东西，不知其恶。

---

[1] 达·芬奇最初写的不是 li sua precetti（他的话语），而只写了 colui（他），后来才加上了 precetti（话语）和 sua（的）。

63

　　关于越年老越贪婪的人。然而正因时日不多，才更应慷慨大方。

　　那些被视为经验更丰富、判断力更强的人越不需要什么，就越会贪婪地寻找和占有什么。

64. 沟渠

　　请用疯癫狂躁、精神错乱的语气说出这个词。人们将努力去除那个越除越大的东西。

65. 羽毛枕头承受的重量 [1]

　　人们一抬头，它的躯体就明显变大。人们头一放下，它的躯体就立刻缩小。

66. 捉虱子

　　猎人捕获的动物越多，拥有的动物就越少。反之亦然，他们捕获的动物越少，拥有的动物就越多。

67. 用一根绳子和两个水桶打水

　　人们越是用力地拽哪个东西，哪个东西就越会朝反方向运动。

68. 灌香肠 [2]

　　为数众多的它们将住在自己的肠子里，把肠子当成自己的家。

69. 香肠肠衣里的猪舌和牛舌

　　啊，多么肮脏啊！人们会在一只动物的屁股里看到另一只动物的舌头。

---

[1]　在手稿中，这则预言的标题被划掉了。

[2]　这让人想起《十日谈》中关于契波拉神父的那则故事，故事中讲到："后来我又到了阿伯鲁齐国，那里的男男女女们都穿着木底鞋在山上跑来跑去，把猪肉贮藏在猪肠子里面。"译文引自［意］薄伽丘著，方平、王科一译，《十日谈》，上海译文出版社，1978年，第583页。第73则预言也提到了"穿木鞋"。

70. 用动物皮制成的筛子
人们将看到动物的食物穿过它们的每一寸皮肤，却唯独不会经过它们的嘴，看到食物渗透皮肤，落到平地。

71. 提灯
凶猛的公牛用强有力的角保卫夜晚的光，使其免遭狂风摧残。

72. 羽毛床
飞禽用羽毛支撑人类。

73. 穿木鞋走路的人
地面将变得十分泥泞，以至于人们会在树上行走。

74. 牛皮鞋底
在村里很多地方都能看到踩着大型动物的皮肤行走的人。

75. 航行
大风将把东方的东西刮到西方。许多南方的东西也将随风飞向遥远的国度。

76. 拜圣人画像
人们会向没有听觉的人说话。他们睁着眼睛，却视而不见。人们可以向他们说话，但是得不到他们的回答。请求他们施恩时，他们虽有耳朵，却听而不闻。为目不能视的人点灯……[1]

77. 做梦
人不用动就能行走，还能和不在场的人说话，并且听得到不说话的人说了什么。

---

[1] 这则预言尚未结束，在纸张下方边缘还有一部分，但被达·芬奇撕掉了，只能读出 a sordi .. con gra.. re（向聋人……）。

78. 随人移动的影子

人们将看到，无论人和动物逃至何方，外形和轮廓都会紧随其后，不仅能做出一模一样的动作，还能变化大小，实在奇妙。

79

同一时刻在阳光下的影子和在水中的倒影。人们将经常看到一个人分身为三，各分身跟随其后，但是最真切的那个分身会经常抛弃他。

80. 藏宝箱

人们会在胡桃木里、树里和各种植物中找到奇珍异宝。

81. 在上床睡觉时把灯熄灭

很多人会因吹气的动作过猛而让眼前一片漆黑，并在不久后失去所有知觉。

82. 靠近骡子耳朵的骡铃

人们将在欧洲各地听到大小不一的乐器一齐奏响，发出和谐的声音，但在近旁听的人将深受其扰。

83. 驴

辛勤劳作的报酬将是饥饿、口渴、不适、棍击和针刺。[1]

84. 马背上的士兵

人们将看到许多人骑着大型动物奔赴死亡，不久于世。天上地下，各色动物将载着人类向死亡狂奔。

85. 马刺上的星章

人们将为了星星跑得飞快，几乎能赶上所有善跑的动物。

---

[1] 后面还有 e bestemmie e gran villanie（以及辱骂和暴行），但是被删掉了。

86. 没有生命的棍子
死物的运动会让很多活人疼得直哭，大叫着逃跑。

87. 火种
石头和铁会让人看到之前看不到的东西。

88. 被吃掉的公牛
雇主将吃掉自己的劳工。

89. 为了修床而敲敲打打
人类将变得忘恩负义，他们的收留者不仅得不到一分钱，还要遭受许多棍击，以致脏器移位，在身体里翻腾。

90. 先被杀死，再被吃掉的动物
养分的提供者将饱受折磨，惨死在被滋养者的手中。

91. 城墙倒映在护城河里
人们将看到城市高大的城墙在护城河里上下颠倒。

92
裹着泥土流淌的混浊水流，弥漫在空气中的尘与雾，自带热度的火。

人们将看到所有东西混作一团，杂乱不堪，时而冲向世界中央，时而冲向天际，时而从南方向寒冷的北方猛冲，时而从东方向西方猛冲，时而从一个半球向另一个半球猛冲。

93. 任何一点都可以成为两个半球的分界点
在未来，所有人都能在转瞬之间到达另一半球。

94. 任何一点都可以成为东西方的分界点

所有动物都将从东向西运动，同理，它们也都将从北向南运动。

95. 夹杂枯木的水流

没有灵魂的躯体可以独自运动，率领无数死尸，夺走周围活人的财富。

96. 被吃掉的鸡蛋孵不出小鸡

噢，多少生命会被禁止出生！

97. 在还是鱼卵时就被吃掉的鱼

孕妇的死亡会让无数代人丧生。

98. 被阉割的动物

大部分雄性动物在其生殖器官被摘除后便无法生育。

99. 提供奶酪原料的牲畜

幼崽的奶将被夺走。

99. 母猪的遭遇

在被杀之时，很多拉丁女人会被割下双乳。[1]

101. 圣周五的哀悼

单单一人[2]的离世，就会让欧洲各地的许多人哭泣。

102. 用被阉小羊的角做成的刀柄

人们将在一些动物的角里看到锋利的铁，并且用它夺走许多同类

---

[1]　后面还有 elle avendo i piccoli figlioletti in corpo（当她们体内还有胎儿时），但是被删掉了。

[2]　后面还有 morto in oriente（逝于东方的），但是被删掉了。

的性命。

103. 让人无法分辨颜色的夜晚
人类将无法分辨颜色，甚至一切都会变成黑色。

104. 从不自己伤人的剑和矛
本性温顺，毫无攻击性的人会因恶毒的同伴变得可怕而凶狠，极其残忍地夺走众人生命。如果出自洞穴、没有灵魂的躯体无法护人周全，他就会杀害更多人。

出自洞穴、没有灵魂的躯体指护胸铁甲。

105. 圈套和陷阱
很多死物愤怒地捉住活人，将其绑住，留给前来杀害他们的敌人。

106. 金属
他出自昏黑的洞穴，让所有人筋疲力尽，置身险境，失去性命。追寻它的人会在精疲力竭后身心愉悦，不与之为伍的人则会死在困苦和灾难中。他引起无数背叛，诱使坏人杀人、偷盗、奴役他人，让人怀疑自己的同伴。他夺走城市的自由，夺取众人的生命，使人们彼此欺诈、诓骗、背叛，互相折磨。噢，你这怪物，你回到地狱该多好啊！由于他，广袤的森林将寸草不生；由于他，无数动物将丢掉性命。

107. 火
它刚出生时很小，但会迅速变大。它毫不顾惜主的造物，甚至会靠一己之力把一个东西变成另一个东西。

108. 沉没的船
人们将看到，没有生命的庞大身躯带领众人，朝着死亡狂奔。

109. 从一个国家写信到另一个国家

未来，就算在相距甚远的国家里，人们也能沟通交流。

110

有无数条线可以划分半球，因此所有人都能把双脚跨在半球分界线两边。

不同半球的人将一同谈话，互相触摸，彼此拥抱，并且通晓对方的语言。

111. 做弥撒的神父

很多人会在工作时穿着奢华，他们的衣服像是按照时兴的衬裙做的。[1]

112. 听取忏悔的修士

不幸的女人自愿向男人坦白她们的淫欲和可耻的秘事。[2]

113. 教堂与修士的住所

很多人将放弃营生，远离劳苦清贫的生活，搬到富丽堂皇的建筑里居住，声称这是让天主接纳自己的方法。

114. 售卖天堂

无数人未经主人许可，便在光天化日下心安理得地售卖价值连城的东西。那东西并非他们所有，也不受他们掌控。人性正义无法阻

---

[1]　指神圣的祭服。

[2]　之前写的是 Assai fien quelli che vorranno sapere ciò che fanno le femmine nelle
lor lussurie con sé e cogli altri omini, e le meschine converrà che palesino tutte le
loro occulte opere vergognose e premiare li ascoltatori di lor miserie e scellerate
infamie（会有很多人想知道女人对自己、对男人做过何等淫乱之事，而不幸
的女人觉得应当坦白所有可耻的私密行为，应当用悲惨而卑鄙的丑事奖赏倾
听者）。达·芬奇后来删掉了这段话，在纸张边缘写下了文中的段落。

止 [1] 这种售卖。

115. 即将入土的死人

噢，人类真愚蠢！噢，活人真疯狂！[2] 愚鲁的人会拿着很多灯，为彻底失明的人照亮旅程。

116. 少女的嫁妆

过去，就算有家人的监管和坚固的墙壁，年轻的少女仍然无法抵抗男性的淫欲和掠夺。以后，少女的父亲和其他家人会给愿同她们睡觉的人丰厚的钱财，即使她们富裕、高贵、风采绝佳。如此看来，大自然似乎要灭绝人类这个对世间万物无用而有害的物种。

117. 人类的残忍

地上的动物将争斗不休，造成严重危害，经常两败俱伤。它们的恶毒永无止境，世上森林里的很多树木都会倒在它们强健的四肢下。吃饱喝足后，它们便用其他动物的死亡、疲惫、劳累、恐惧、逃跑来满足自己的欲望。出于毫无节制的傲慢，它们 [3] 想要飞上天空，无奈身体过重，只能留在低处。无论在地上，地下，还是在水中，没有什么东西能够免遭它们的迫害、搅扰和损坏。[4] 它们将把一个地方的东西带到另一个地方。它们将杀害生灵，其身体将是被杀生灵的坟墓和通道。

噢，世界！你为何不敞开深渊洞穴，把这残忍无情的魔鬼扔进去，

---

[1] 译者注：参考 Leonardo (da Vinci), Jean Paul Richter. *The Notebooks of Leonardo Da Vinci*, Volume 2, p.364 英语译文，将 prowederà 译为"阻止"。

[2] 达·芬奇在这则预言后写下开头的两句感叹，并备注道：Questi due epiteti vanno nel principio della preposizione（这两句修饰语应放在句子前面）。

[3] questi（它们）写在两行之间，皮乌马蒂（Piumati）将其解读为 questi e per la loro（它们出于……），是不准确的。

[4] Nulla cosa resterà sopra la terra, o sotto la terra e l'acqua, che non（无论在地上、地下，还是在水中，没有任何东西不）都被删掉了，或许是误删，或许是达·芬奇想要另做改动。

让它永远不能出现在天堂里？

118. 航行

人们将看到，在气流的推动下，来自托罗斯（Taurus）、西奈（Sinai）、亚平宁（Apennino）、塔拉斯（Talas）森林的树木载着很多人从东向西，从北向南前行。

噢，人们将许下多少誓愿！多少人会死去！多少亲友要分离！多少人永生无法再见家乡和祖国！多少人将尸骨四散，死无葬身之地！

119. 万圣节日期的变更 [1]

许多人将抛弃自己的住所，带着所有财产到其他地方居住。

120. 万灵节 [2]

多少人会为已逝的祖先哭泣，为他们送去光亮！

121

修士把天堂给别人，凭借话语获得巨额财富。

看不见的钱币会让花费它们的人大获全胜。

122. 用公牛角做成的弓

很多人将惨死在公牛角下。

---

[1]　译者注：万圣节（La Festa di Ognissanti），也称诸圣节，最初于每年 5 月 13 日庆祝。834 年，教皇格列高列四世将万圣节日期改为 11 月 1 日。参考 Nuova enciclopedia popolare italiana, ovvero Dizionario generale di scienze, lettere, arti, storia, geografia, ecc. ecc. opera compilata sulle migliori in tal genere, inglesi, tedesche e francesi, coll'assistenza e col consiglio di scienziati e letterati italiani, corredata di molte incisioni in: 15 Società l'Unione Tipografico-Editrice, Torino,1862, p.320.

[2]　译者注：万灵节（Il giorno dei morti）是追思逝者的节日，意大利的万灵节是每年的 11 月 2 日。

123. 基督徒

很多人会出于对一位儿子的信仰，只为其母建造圣殿。

124. 曾是活物的食物

很多动物将穿过其他动物的身体。换言之，[1]无人居住的房屋会一点点穿过有人居住的房屋，带来有用的东西，同时带来危害。也就是说，人的生命由食物构成，而食物本身携带着人类死亡的那部分。[2]

125. 在用树做成的木板上睡觉的人

人们会在森林和乡野中的一棵棵树间睡觉、吃饭、生活。

126. 做梦

人们似乎将看到新的废墟出现在空中，看到火焰蹿上天后又惊恐逃走，从天而降。人们会听到各种动物说人类语言，一动不动便能穿梭在世界各地，还能在黑暗中看到耀眼的光芒。噢，奇妙的人类！你为何疯狂到如此地步？你将可以和各种动物对话，它们也会对你说人类的语言。你会看到自己从高处摔下却毫发无伤，看到湍急的水流与你作伴。[3]

127. 蚂蚁

许多人会带着子女和粮食躲在昏暗的洞穴中。他们会和家人在那漆黑的地方寻找生机，没有人造光，亦无自然光。

127. 蜜蜂

丧失理智的人会残忍地淹死许多人，夺去他们的存粮和食物。噢，

---

[1] 接下来，达·芬奇用不同的话复述了这则预言。

[2] 接着还有一小段，主题不变，但由于纸张破损，我们只能读出 e le mangiano... morte rifarà.. ma non è（他们吃……死亡再……但不是）。

[3] 这一段仍未结束，但纸张下方有破损，我们只能读出 e miste...te col lor rapido corso userà car.. in madre e sorelle. erai colli a ..an di s ..animi...le penne（混合……你会随着湍急的水流，用……母亲和姐妹。你将和……灵魂……羽毛）。

公正的天主！你为何不醒来看看，你创造的生灵正遭受着何等虐待？

129. 绵羊，奶牛，山羊等动物

很多幼崽将被人夺去，被割喉宰杀，大卸八块，残忍至极。

130. 核桃、橄榄、橡子、栗子等果实

许多在母亲怀中的幼子将遭受无情的棍击，被人掳去，摔到地上，粉身碎骨。

131. 裹在襁褓里的幼儿

噢，滨海之城！我看到住在你那里的人们，无论男女，都被语言不通的人用带子紧缚双臂双腿。你们失去自由，感到疼痛，却只能放声哭喊，频频叹息，彼此抱怨，以作发泄，因为绑住你们的人不会理解你们，你们也不会理解他们。

132. 吃老鼠的猫

非洲的城市，你们那里异常凶残的猛兽会在家里撕咬新生的动物。

133. 遭受棍击的驴

噢，冷漠的自然，你为何变得如此偏心！对一些孩子来说，你是和蔼而仁善的娘亲，对另一些孩子来说，你却是残忍而无情的继母！我看到你的一些孩子沦为另一些孩子的奴隶，而且得不到一丝好处。非但得不到好处，他们还会遭受巨大的折磨，甚至要为施暴者的利益献出自己的生命。

134. 预言的划分 [1]

第一部分讲有理性的动物；第二部分讲没有理性的生物；第三部分讲植物；第四部分讲庆典；第五部分讲风俗；第六部分讲事件、法

---

[1] 从这一段和第46段都可以看出，达·芬奇认为自己写的预言有待整理和归纳。

令或争论；[1]第七部分讲不符合自然规律的事物，比如"那个越除越大的东西"，其中大事留到末尾讲，小事放在开头讲，先说恶行，后说惩罚；最后在第八部分讲哲学。

135

宗教仪式、葬礼、仪式队伍、光、钟声、送葬人等等。

人类会在不知情时获得极高的荣誉和盛大的典礼。

136. 城邦 [2]

一个可怜虫会遭受嘲笑。嘲笑他的人会一直诬骗他，盗其财物，取其性命。

137. 太阳的打击

认为自己能够击打太阳的人反而会被太阳笼罩。[3]

138. 钱币和金子

他出自洞穴，让世间所有人气喘吁吁，汗流浃背。为了得到他的帮助，人们会付出许多辛劳、焦虑和汗水。

139. 对贫穷的恐惧

一个恶毒而恐怖的东西会带给一些人巨大的恐惧。他们像疯了一样，以为能够逃离它，其实很快就会受到它无穷力量的影响。

140. 建议

它虽不可或缺，但需要它的人不会认可它。一旦得到认可，它就

---

[1]　译者注：参考 Leonardo (da Vinci), Jean Paul Richter.*The Notebooks of Leonardo Da Vinci,* Volume 2，p.353. 英语译文将 quistioni 译为"争论"。

[2]　译者注：城邦（comune），也称城市国家，是一种国家形态。

[3]　太阳用光线击打人类，人类为了自我保护，用一些东西遮住阳光，但其实仍会被太阳光笼罩。

会愈发被轻视。

141. 预言 [1]

所有占星者都会被阉割。

指公鸡。

142

我会说一句话、两句话、十句话或更多话，并且想在这一刻 [2] 让一千多个人在同一时刻说出同样的话。他们不看我，也不听我说的话，却能在一瞬间说出我的原话。这就是你所计算的时间，因为当你说出时间的那一刻，所有和你一样在计算时间的人都会说出同样的数字。

143. 被鹳叼着的蛇

人们将会看到长蛇与鸟在高空中打斗。

144. 从洞中出来，脱下模具的臼炮

它将破土而出，发出可怖声响，震慑周围众人，用气息夺人生命，摧毁堡垒，夷平城池。

145[3]

为神圣祭礼发光的人会被淹死。

蜜蜂产蜂蜡，蜂蜡做蜡烛。

146

死物会从地下出来，举止傲慢，把无数人类赶出世界。

---

[1] 这是第 367 张纸背面 b 部分中的一小段，标题是 "Profezia（预言）"。

[2] 因为后面有 in quel medesimo tempo（在同一时刻），所以 in quel tempo（在这一刻）变得多余了，理应删掉。

[3] 《阿伦德尔手稿》（Codice Arundel）第 42 张纸背面分成三列，前两列写的是 "Profezie（预言）"，第三列写的是 "Favole（寓言）"，写在纸张上方中间的总标题是 "Profezie（预言）"。

从地下开采出来的铁虽然没有生命，却可以造出杀人武器。

147

巍峨的山峰虽然离海很远，却能将大海逐出自己的领地。

河流把山中土壤冲走，带到海岸，逼海后退。

148

水从云中降落后会改变性质，在山坡上停留许久，纹丝不动。这种情况会发生在很多地方。

水可以变成纷飞的雪花。

149

山间巨石将喷出火焰，点燃广袤森林里的许多树木，烧死许多野兽和家禽。

火枪里的燧石可以生火，点燃从森林里砍来的木柴，煮熟牲畜的肉。

150

噢，多少建筑在火中倒塌！

在炮火中倒塌。

151

公牛、马和水牛将是城市毁灭的重要原因。

因为它们会拉白炮。

152

会有很多东西在毁灭中生长。

在雪地上滚动的雪球。

153

会有很多人忘记自己的存在，忘记自己的名字，像死人一样，待在别人的尸体上。

在鸟的羽毛上睡觉。

154

人们会看见东方移动到西方，南方移动到北方，在宇宙中猛烈缠绕，发出巨响，令人恐慌。

向西吹的东风。

155

太阳光线将在地上燃起火焰，点燃天下万物，在遇到障碍物时反射到低处。

凹面镜可以生火，加热炉灶，炉底的火苗碰到炉顶后会向下窜。

156

大量海水将逃至天际，久久不回。

因为会变成云。

157. 麦子和其他种子

人们会把用来活命的粮食抛出家门。

158. 滋养嫁接枝条的树

人们会看到父母对待继子好过亲生子女。

159. 香炉

它们身着白衣，举止高傲，用金属和火威胁他人，但绝不会伤害他人。

160. 小山羊

希律王时代 [1] 将重现于世，因为会有凶残的人抢掠、伤害、杀死无辜的幼子。

161. 割草

无数生命将会陨灭，并在地上留下千疮百孔。

162

人类肉体每十年更新一轮。

人死时会经过自己的肠道。

163. 酒囊

山羊会往城中送酒。

164. 鞋匠

人们将愉快地看着自己的作品被拆解，被毁坏。

165. 夜光下的人影

未来将出现巨大的人形，你越是靠近光源，那形状就会越小。

166. 驮着很多金银的骡子

很多珍宝和财物将被四条腿的动物带到世界各地。

167. 建议和不幸 [2]

有一个东西是这样的，人越是需要它，就越会拒绝它。

---

[1] 译者注：《圣经》记载，希律王是耶稣基督童年时代犹太人地区的统治者，在得知伯利恒有位君王诞生后，他下令杀死伯利恒及其周围境内所有两岁以下的男婴。

[2] 句子中的动词时态并非将来时，因为从第167段至第172段是谜语，而非预言。

它就是建议，越需要它的人越不愿听取它，这些人是无知的。

另外一个东西是这样的，你越害怕它，逃离它，就会离它越近。

它就是不幸，你越逃离，就会变得越不幸，越不得安宁。

168

什么东西让人满心渴望，但当人拥有它时却毫无察觉？

睡眠。

169

酒香醇厚，因此[1]水总有剩余。

在餐桌上。

170. 蜡烛的光

有一个东西是这样的，你拿走它的一部分后，它的大小却不减分毫。

171. 火

另一个东西是这样的，它越是邪恶狠毒，你就越会靠近它。

172. 蜜蜂[2]

它们和人类一起生活，为了采蜜而淹死。很多人会淹死在自己的……将……

---

[1] 原文中的连词 ma（但是）会迷惑读者，让这个谜题更难解。应该把 ma 理解为 perciò（因此），即"酒香醇厚，因此水总有剩余"，因为同席吃饭的人更喜欢喝酒。

[2] 这个段写在《温莎手稿》（Windsor）第 12587 张纸破损的边缘。也可以归纳在第二章《寓言》（Favole）和第三章《动物寓言》（Bestiario）里。

173[1]

我本人出生于父亲之前；
杀害了人类之三分之一；
而后又回到了母亲腹中。

174[2]

噢，摩尔人！[3] 如果品德高尚的你不爱我，我就去死，反正我的
生活也很苦涩！

---

[1] 这则谜语是一首押韵的十一音节三行诗，写在《马德里手稿 I》（*Madrid I*）最
后一张纸正面上方的角落里，占了五行。

[2] 这个文字游戏形式奇怪，意思模糊，在《马德里手稿 II》（*Madrid II*）第 141
张纸上方的边缘处自成一行，后来被全部划掉。《马德里手稿 II》由两卷独立
的手稿组成，第 141 张纸是第二卷手稿的第一张纸。

[3] 译者注："摩尔人"指"摩尔人"卢多维科（Ludovico il Moro）。

五、趣闻集

1

有个人看到了另一个人带着一把大剑，说道："噢，可怜的人啊！很长时间我都看你带着这把剑。为什么你不把它放下来，让你的手放松呢？如此你不就自由了吗？"

另一人回答道："你说的这些话并非你自己的高见，无非都是陈腔滥调罢了。"

这个人感到被冒犯，回答道："我知道你对这个世界的事物知之甚少，我还以为众所周知的事对你来说都是新鲜的呢。"

2

有一个人正高谈阔论地显摆着，吹嘘自己会各种各样有趣的把戏，这时他周围有人说道："我会一个可以扯掉人裤子的把戏，我想扯谁的就能扯谁的。"那个显摆的人没有穿裤子，说道："不，你没法扯掉我的裤子！我赌一双袜子。"把戏的发起人接受了邀请。他找人借了好几条裤子，向那个穿袜子的人扔去[1]。如此，他便赢得了被用来打赌的物品。

3

有个人对一个他认识的人说："你的眼睛颜色变得很奇怪。"那个人回答说他总是这样。"那你不担心吗？你什么时候会这样？"那个人回答道："每次我的眼睛看到你这张奇怪的脸，都会有强烈的不适感，

---

[1]　原文为"tirare"，既有"拉扯"的意思，也有"扔、掷"的意思。

于是马上就会苍白失色，变成这样的颜色。"

4

有个人对另一个人说："你的眼睛颜色变得很奇怪。"另一个人回答道："因为我的眼睛看到了你奇怪的脸。"

5

有个人说，在他的家乡，总会出现世界上最奇怪的东西。另一个人回答道："在那里出生的你证实了你说得没错，因为你丑陋的外貌确实很怪异。"

6. 俏皮话

夜里，有两个人行走在一条危险的道路上。走在前面的人屁股发出了很大的声响。这时他的同伴说道："我看你可真是在乎我啊。""为什么这么说？"另一个人问道。他回答道："你送了我一个响屁，让我走路不会跌倒，也不会走丢。"

7. 俏皮话

一个妇女在洗衣服，因为天气太冷，脚都被冻红了。有个神父从她身边经过，惊叹地问这红色是哪里来的。女人马上回答说是因为她下身有火。这时神父把手放在那个使他是神父而不是修女的器官上，靠近她，用温柔低沉的声音恳请她帮忙点燃他的蜡烛。

8. 俏皮话

圣周六这一天，按照习俗，一个神父来到他的堂区，用圣水为房屋祈神赐福。他来到了一位画家的房间，洒了一些水在他的画作上。画家对此愤懑不已，转过身来问他为什么要在他的画作上洒水。神父说这是习俗，这么做是他的职责，这是善事，天主承诺了，做善事的人会得到优待。接着，神父还说，每一项在尘世间做的善事，在天上都会得到百倍的回报。神父出去之后，画家跑到窗前，朝神父身上倒了一大桶水，说道："这是从天而降的百倍好处，用来回报你给我的圣水，你用来毁掉我的画作的圣水。"

9

小兄弟会的修士在一些特定时期会进行斋戒。他们在修道院里不吃肉，但在出行途中，因为要靠化缘维生，他们被准许吃所有放在他们面前的东西。有一次，两个出行的修士和一个商人一起走进一家小饭馆，坐在同一张桌子前。饭馆穷困，只给他们端上了一盘鸡肉。商人看这鸡肉只够他一个人吃，便说道："如果我记得没错，这些天，你们的修道院不允许吃肉。"听到这些话，修士无法含糊其词，只能按规矩说确实如此。商人很满意，吃起了鸡肉，而修士们则吃他们所能吃的。

吃完午饭，同桌的三个人便结伴离去了。走了一段路途，他们碰到一条又宽又深的河。三人都是徒步出行——修士们是出于贫穷，而商人则是因为吝啬。出于方便，其中一位修士把木屐交给商人保管，用肩膀扛起商人，背着他过河。

修士走到河中央的时候，想起了他所属修会的规矩。他停了下来，就像圣克里斯多福一样，把头转向那个沉沉压在他肩膀上的人，说道："告诉我，你身上是否有钱？""你知道的，"他回答道，"你们觉得像我一样的商人如果没钱该怎样出行？""哎呀！"修士说道，"我们的规矩禁止我们带着钱"。说完便把他扔到了水里。商人聪明地意识到他们的戏弄是在报复他之前的冒犯之举，于是羞愧到红了半边脸，笑着承受了这一报复。

10

有个人不再和他的朋友交往，因为这朋友总是说他其他朋友的坏话。有一天，被抛弃的那个朋友向他诉说痛苦，说感到很难受，恳请他说出是什么原因让他忘掉了他们的深厚友谊。对此他回答道："我不再和你来往是因为我在乎你。我作为你的朋友，如果你对其他人说我的坏话，其他人可能也会像我一样对你产生不好的印象。我不希望看到这样的事情发生。如果我们再也不来往，看起来像成了敌人，那你之后再习惯性地说我坏话的时候，我就不会像我们还来往时一样受到那么多谴责了。"

11. 俏皮话

有个人借助毕达哥拉斯的权威，试图向别人证明他来过世上好几次。鉴于有个人没让他说完他的推论，他便对这个人说："因为我来过世上好几次，所以我记得你曾经是个磨麦子的。"这个人感到被这些话冒犯了，回答说确实如此，因为他记得对方曾经是一头驴，为他搬运面粉。

12. 俏皮话

有一个画家被问到为何他能作出这么美丽的画——没有生命的画——但是却生出了如此丑陋的孩子。画家回答道因为画是白天创作的，而孩子是夜晚时创造的。

13. 一位年轻人对一位老人说的趣话

一个老人公开嘲笑一个年轻人，丝毫没有任何忌惮。对此，年轻人回答说那老者的护盾是他的年龄，而不是他的言语和力量。

14. 俏皮话

一个病人在将死之时听到有人敲门，便问他的侍从谁在敲门。侍从回答说是一位叫博纳夫人（意为美妇人）的女士。听完，病人向天空伸出手臂，高声感谢天主，然后对侍从说赶紧让女士进来。如此，他在死前还能看到一位美人，毕竟他这辈子从未见过美人。

15. 俏皮话

一个人被他人催促起床，因为太阳已经升起了。他回答道："如果我像太阳那样需要走那么长的路，我早就起来了。既然我没那么多活要做，还是继续睡觉好了。"

16

一个工匠经常去拜访一位老爷，但从不提什么要求。老爷问他为什么要这样做。他回答说他来到这里是为了获取一种老爷无法享受的乐趣，那是一种他所属阶层的人普遍渴求的满足感：见识比自己更加强大的人。相反，老爷只能见识比自己弱小的人，自然体会不到这种乐趣。

17

有个人去摩德纳，进城前需要支付五块索尔迪[1]。付完后，他开始大声地长吁短叹，引来周围许多人的注意。他们问他为什么如此惊叹，他回答道："噢，难道我不该为只需要付五块银币就能进城而感到惊叹吗？在佛罗伦萨，仅仅让阴茎进城，就得支付十块金币，然而在这里，我的阴茎、睾丸和其他部位都进来了，却只需要支付这点费用。愿天主保佑这座城市和他的治理者！"

18

一个男人，看到一个女人在比武表演期间停下来扶住桌子。他看了看桌子和他的长矛，喊道："哎呀，在这么大的作坊里，这个工人看起来显得太小了！"

19

一个妓女向一个神父展示一只母山羊的生殖器，用来代替她自己的。她因此获得了一块钱币，还嘲弄了神父。

20

一天，一个女人走到了一条名为"三条真理"的路上。这条路泥泞不堪，让人发愁。女人用手提起裤子时，碰到了自己的生殖器和屁股，说道："这的确是一条让人发愁的路啊！"

---

[1]　当地流通的货币。

21. 俏皮话

为什么匈牙利人会用双重十字架？

22

有一个懒汉，他成长于贫贱中。他看起来就像是一个溢出了汁液的南瓜或者香瓜，像一个浇水过度后腐烂的李子。不，你说的不好。你知道你像什么吗？像一个十足的蠢蛋，剃着光头，就差顶着菜叶或流着汁液的南瓜叶了。圣得罗，你来说说，你看起来像什么？我会告诉你真相，你会同意我所说的。

23. 来自蒙特的圣玛利亚修院的总司铎的俏皮话

司铎作为使节被派去瓦雷泽觐见公爵，替换一只雀鹰。

24

有个人责难一个好人，说他是不合法的私生子。他回答道，无论是对人类社会规则还是自然法则来说，他都是合法的，而谴责者就是个混蛋，因为他的言行就跟禽兽一样，不像人，实在不合人类社会规矩。

25. 俏皮话

有个小偷得知自己认识的一位商人在店铺的柜子里放了很多钱，便动了偷窃的念头。一天夜里，他来到这家服装店，开始执行计划。这时，店主突然来到，看到大门的锁链被撬开，吓了一大跳。店主眯着眼睛朝门缝里看，看到了小偷的目光，便马上从外面把锁链锁上，把小偷关在了店里，然后赶紧往教区主管的家里跑。关在店里的小偷开始思考怎样脱离困境，保护自己。他点燃了店里的两根蜡烛，翻出了一些纸牌，把一些坏牌扔在地上，一些好牌拿在手上。就这样，他等着教区主管的人来。当教区主管的人带着骑士来到店里把门打开的时候，小偷喊道："看在天主的份上，你把我关在这里，就因为我赢了你，但你却不想给钱。如果不想输，就不要玩。但你却强迫我玩，输了之后，又带着钱跑掉，把我关在这里头，好让我没办法追你。"说完，他拨开店主捂着钱包的手，试图把他身侧的钱包拿走。看到这里，骑士觉得自己上当了，便让店主把小偷所要求的钱还给他。

26. 俏皮话

有一天，一个穷人去到了一位老爷家里。他对门房说老爷的兄弟来了，非常需要和他讲话。门房传达了这个消息，老爷听完便吩咐门房带那人进来。穷人来到了老爷面前，向他解释道，因为大家都是亚当父亲的后代，所以他们都是兄弟，然而父亲的遗产却没有分配好。因此，他来到这里请求帮助，希望老爷能让他走出贫困，因为他靠着乞讨维生过得很艰难。老爷说他的要求很合理，便把财务管家叫来，给了他一块钱。穷人感到惊讶，说这对于兄弟来说也太少了。老爷便回答道，他有很多这样的兄弟，如果每个人他都给很多钱，那他就剩不下什么了，所以给一块钱刚好足够用来分配。于是，用这样的遗产分配方式，他便有理有据地把穷人打发了。

六、序言

1

虽然，我不知道如何像他们一样引用作家之言，但我会引用经验。经验更伟大，更具价值，是老师中的老师。他们自己没有作品，却利用别人的作品来吹嘘卖弄、装点自己。他们没把我的作品归功于我。他们不是创造者，而是他人作品的吹奏手和朗诵者。如果他们蔑视作为创造者的我，那他们应受到谴责。

2

比起那些他人作品的朗诵者和吹奏手，更应该去评价与尊重创造者以及自然与人类之间的译者。把这两类人进行对比，就像是把物品本身与其在镜子中的影像进行对比，前者是实际存在的实体，后者则什么都不是。没有天赋的人，偶然披上了外衣，去掉这些外衣，便可以混进兽群中去。

3

很多人可能会理所当然地认为我会利用自己的尝试经验，重新去对抗那些声望很高的权威人物，驳斥他们外行的意见。殊不知，我的东西出自最简单纯粹的经验，经验才是真正的大师。

4

我找不到特别有用或有趣的素材，因为那些先于我出生的人已经涉足了所有有用且有必要探讨的话题了。因此，我会像那些出于贫穷最后才到达集市的人那样，只能拿那些别人看过但没接受的东西，而无法购买别的东西。这些东西因为价值不高而遭到了拒绝。我虚弱的身体将带上这些被蔑视、被拒绝、被许多人挑剩下的物品。我不会带着这些物品去大城市，我会去小村庄分发它们。如此，我会让我给出的这些物品获得应有的赞扬。

5

好人自然想要追求知识。

我知道很多人都会说这个作品无用。这些人就像德梅特里奥说的那样，他们从嘴里吹出来的用来制造词语的风，与他们下半身放出来的风相比，价值高不了多少。这些人只追求物质财富，只注重肉体享乐，对智慧完全没有追求。然而，智慧才是灵魂真正的财富与营养。因为，灵魂比肉体更有价值，而灵魂的富有同样比肉体的富有更有价值。当我看到这些人当中有人手里拿着作品，我就常常怀疑这是不是就像猴子拿东西在鼻子边闻，他们是不是在问我这东西能不能吃。

6

我很清楚，因为我并非文人墨客，有些自以为是的人便理所当然地认为可以诋毁我，可以指责我不通文墨。愚蠢的人啊！他们不知道我会像马里奥回答罗马贵族那样去回应他们："那些拿别人的作品来装点自己的人，不愿意把我的作品归功于我。"他们说，我不通文墨，无法很好地说出我想表达的内容。或者，他们不知道，我的东西更多来自经验，而不是来自别人的言语。经验是优秀写作者的老师，我把经验当成老师，无论何时都会与其同行。

7. 关于"透视"或"眼睛的作用"的序言

读者，你看，我们可以相信我们的古人什么。他们试图定义什么是灵魂和生命，这些无法被证实的东西。然而，他们却长时间地忽视和错误理解那些借助经验便可以清晰认识的东西。眼睛，凭着它的功能，可以清晰地获取经验。直到我们今天的时代，无数作家都用一种方式去定义它，而我借助经验，对其做了另一种定义。

8

这些规则是让你明辨是非的道理。它使人们能够更有节制地去许诺可能做到的事情。这让你不会显得无知。假如做不到所承诺的事，无知会让你感到绝望和悲伤。

9. 我的规则的作用

如果你对我说："你的规则能创造什么？它们对什么有好处？"我会回答你，它们是工程师和研究者的向导，让他们不会对自己或别人承诺不可能的事情，让他们不会因此被认为是疯子或者是骗子。

10

我把灵魂的定义留给修士们去思考。他们是众人之父，借助启示知晓一切秘密。

别谈论那些神圣的书籍，因为它们是至上的真理。

11

那些通过引用权威来表达轻蔑的人，使用的不是自己的才智，而是记忆力。

12

高品质的书香文墨源于自然天赋。比起结果，缘由更值得去赞美。因此，你要多赞美有天赋但不精文墨的人，而不是没有天赋但精于文墨的人。

13

古代的创造者发明了语法和科学。而某些评论家却把自己当成骑士，诋毁逝去的创造者。我反对这些评论家的行为。

14

　　我认得许多母语中的单词。在我想要很好地表达脑海中的概念时，不怎么会受词汇的匮乏的折磨。相比之下，我更加为如何很好地理解事物而痛苦。

15[1]

　　在对自然事物的研究当中，光最能引起观察者的兴趣，在数学的重大研究问题中，演示的精确性最能清楚体现研究者的智慧。因此，透视学可以放在所有人类学科之前。透视学中对复杂光线的演示，展现了数学与物理学的荣光，它们互相点缀衬托。透视学的观点广为传播，我将对其简要地概括，根据学科特点，开展符合自然和数学逻辑的论述，时而基于原因概括结果，时而基于结果概括原因。除此之外，我的结论中还会涉及其他方面，讨论作为万物之光的上帝是如何眷顾于我，启示我对光的探讨。在这部作品中，我将从三个方面进行阐述。

16

　　你说比起看解剖图，看解剖过程更好。假如你在解剖过程中能观察到解剖图所展示的所有内容，那你说得还算对。在解剖过程中，你用尽才智，也只能了解到几根血管的相关知识。而我为了获取真正的完整知识，解剖了十多具尸体。我解剖了每一个部位，无比细致地剔除包在血管周围的肉，并且不让血管流血，毛细血管难以察觉的流血除外。一具尸体用不了多长时间，因此我必须循序渐进地处理许多具尸体，直至获得完整的知识。为了对比差异性，这一过程我会重复两遍。

　　如果你对这件事有兴趣，也可能会因为恶心而却步。如果这并不妨碍你，你也可能会因为害怕在夜间与许多肢解剥皮、令人生怖的尸体做伴而退缩。如果这妨碍不了你，那你也可能缺乏绘画天赋，无法很好地绘制解剖图。

　　即便你有绘画天赋，也不一定会使用透视法。即便懂得透视法，

---

[1]　意大利语原文是佩卡姆（John Peckham）的透视作品《视学通论》的译文。

你也不一定知道如何进行几何演示或者如何计算肌肉的力量与强度。或者，你也可能会因缺乏耐心而不够勤奋。

而我是否具备所有这些东西，我所写作的一百二十本 [1] 书便能给出答案。在写作中，我没被吝啬或者无知阻碍，能妨碍我的只有时间。好的。

17

噢，写作者，你会用什么辞藻来完美地描述这幅画所展示的完整形象？你不了解这幅画，胡乱写作，只展示了真实形象的一小部分。你自欺欺人，以为这就能完全满足读者，却只涉及了事物的表面形象。我要提醒你，不要用文字自我束缚了，除非你是和盲人讲话，或者只想用言语向人的耳朵而不是向人的眼睛展示事物本质。你不要自寻烦恼，那些需要用眼睛去了解的事物，你非要让听众通过耳朵来理解。这么做，只会使你被画家的作品远远超越。

你会用什么辞藻来描述这不希望你写满一本书的心思？你长篇大论、无比细致的写作，只会让听众更困惑。因此你总是需要借助展示品，或者回到经验中去。你们拥有极少的经验，只获得了少数事物的相关知识。对于真正完整了解一件事物来说，这知识实在是匮乏。

18

哦，人体的研究者，不要因为你的知识来自别人的死亡而感到悲伤。欢快起来，因为我们的造物主赋予了我们才智，这是多么优越的工具。

19

我发现了人类存在的第一源头，或者也可能是第二源头。

20

人啊，你认真观察我的作品当中所蕴含的大自然奇妙之作。如果

---

[1] 原文不是很清晰，有可能是"一百"或者"一百二十"。

你认为破坏这作品是罪过的，那试想一下，夺去人的生命是多么的罪大恶极。如果你觉得人体的结构是精妙的工艺，那再思考一下，与居住其中的灵魂相比，人体也不算什么。确实，无论灵魂是什么，它都是神圣的，就顺从它的意愿，让它栖身于它的作品中吧。不要想凭着你的愤怒或者恶意去摧毁生命。不尊重生命的人，实在不值得活着。灵魂如此不愿离开它的身体，我相信它的哭泣与痛苦不是没有理由的。

你花点心思去保持健康，越是用心保护身体，越会给你带来益处。因为，身体的结构与炼金术一般，而与炼金术相关的书籍数量，就跟医学书籍一样多。

21

人类有时会过度相信一些不可能的事情。其中便有对连续运动的研究，有人称之为对"永动轮"的研究。这一项研究持续了多个世纪，进行了长时间的实验，耗费了巨资。而从事这项研究的人，几乎都是那些对水动器械、武器军械以及其他小器具感兴趣的人。在最后，他们总会遭遇和炼金术师一样的结局，会因为一个小部件而全盘失败。现在我想给这些研究者帮个小忙，我这拙作篇幅有多长，就能让他们在这项研究上消停多长时间。除此之外，他们将不会再愿意向别人做出承诺，他们不再需要去逃避那些他们对王公贵族和官员们所做的无稽承诺。我记得我看过许多来自不同村镇的人带着对金钱的憧憬去到威尼斯，幼稚地对这项研究信以为真。他们花费许多钱财在静止的水中建造水车，却无法使其启动，最终便只能满腔愤怒亲自上阵去推动水车。

22

噢，永动机的研究者啊，你们在重复的研究当中制造了多少无用的绘图啊！和那些寻找金子的人待在一起吧！

23

比起理解诗人写的书，理解大自然的作品要难得多啊！

七、两件杰作和一项发现

1[1]

若你为了避免被盗窃，便不想将其做成铜制的，你要知道，罗马所有美丽的事物，都在罗马人征服的城市和土地上被偷窃了。即便造得很重也没用，就像是埃及的方尖碑或者两匹马一样。如果你想要将其造得很重，使其无法被带走，那你就得用砖石和泥浆来砌。就按你喜欢的那样去做，反正任何事物都会逝去。你说，你不希望造出的作品给工匠带来的荣誉比给委托者带来的更多。但你要知道，大多数作品给它们的创造者带来的荣誉，都会胜于给付钱的人所带来的荣誉。

2[2]

1505 年 6 月 6 日，星期五，十三点，我开始在宫殿里作画。在我开始使用画笔时，天气变糟了，雷暴的声响让人警觉起来。绘画底图被风撕破，盛有水的水瓶破掉了，水流了出来。天气很快变糟，雨下得很大，一直下到晚上。这天气，带来了夜晚一般的黑暗。

3.

圣安德烈之夜，我找到了求圆形的面积的方法。当灯火燃尽，夜晚结束，我写作的纸张用完，我完成了这件事。时间到了。

---

[1]　译者注：此条为达·芬奇针对为"摩尔人"卢多维科打造的骑马塑像的思索。
[2]　译者注：此条为达·芬奇为安吉亚里之战作画。

八、反驳节略者

1

那些对这样的作品进行缩减和概述的人，不应该被称为节略者，而应该被称为遗忘者。

2

那些拒绝分析作品但却对其进行概述和节略的学者们，应该受到谴责。对此，可以进行一次演说。

3

a）那些诋毁数学伟大精确性的人，只会沉浸在混乱和困惑之中，永远无法在诡辩学科的矛盾之中获得安宁。这些诡辩学科只教会人无休止的空谈。

b）那些对作品进行缩减和节略的人，侮辱了知识和爱。对任何事物的爱都是出于对其的了解。了解得越充分，爱就越炽热。这种充分基于对事物所有组成部分的完整了解。它们结合在一起，组成了那些理应被爱的事物。

节略者对事物各个组成部分进行缩减，删除大部分的内容，却认为这么做可以完整地展现事物全貌，这样的作为有什么价值？

急躁之心推崇简短，实在是愚蠢之母。那些急躁的人似乎没有足够的生命去获取对一件事物的完整认识，比如说人类的身体！然而，他们却试图理解天主所思。天主的思想里蕴含着万物，他们对其进行评议，将其细分为无数的部分，似乎是对其进行了解剖！

　　愚蠢的人类啊！你和你自己相处了那么多年，却认识不到你的疯狂？你还想要跟着一群诡辩学家去欺骗自己，欺骗他人，去蔑视蕴含着事物真理的数学。你还想谈论奇迹，书写和探知那些人类头脑无法驾驭的知识，那些没有任何自然实例可以证实的知识。你破坏了智者通过深思熟虑创作出来的作品，却以为是创造了奇迹。你没有意识到，你已陷入了一种误区。这种误区会让人折掉一棵树上结满清香鲜花和果子的树枝，然后向人展示这棵树可以用来造光秃秃的桌子！

　　这就跟吉斯提诺缩减了庞贝奥·特洛格所写的故事一样。庞贝奥·特洛格条理清晰地描述了古人做的精彩事件，刻画了丰富的奇妙细节。而吉斯提诺对这些故事进行缩减节略，做出了一个光秃秃的东西。这东西只值得急躁的人去看。这些人认为研究自然和世事只是在浪费时间。

　　这样的人与野兽为伴，他们的朋友是狗和其他暴烈的动物。他们结伴同行，总是追赶着逃跑者，追捕无辜的动物。这些动物，在雪下得很大时，会因饥饿来到你的房子附近，向你祈求施舍，如同你是他们的主人。

　　如果像你所写的那样，你是动物之王（或许说野兽之王更恰当），那么，你为什么不尽你所能去帮助他们，让它们把后代带给你以满足食欲，却为了满足一时的食欲试图让自己成为所有动物的葬身之地呢？如果允许我把真相都说出来，我还会说点别的。我们不要脱离世事，去说一大堆愚蠢的话。地上的动物不会这么做，它们不会吃自己的同类，除非它们没有脑子。但是，它们当中也有一些疯子，就像在人类当中一样，但数量不是很多。只有那些像狮子、豹子、猞猁、猫等肉食猛禽，才会偶尔吞食自己的幼崽。但是你，除了吃自己的孩子，还吃父亲、母亲、兄弟和朋友。对你来说，这还不够，你还去别的地方捕食其他人。你将他们养胖，砍下他们的肢体、睾丸，吞进喉咙！难道大自然已经无法产出能满足你胃口的简单食物吗？如果简单的食物无法满足你，难道你不能像普拉提那和其他烹饪作家所写的那样，通过混合搭配去做出更多菜式吗？

　　c）如果发现品德高尚、心地善良的人，不要把他们从你们身边赶走。给予他们荣耀，让他们不必为了远离你们的圈套诡计从你们身边逃跑，躲藏在山林间、洞穴里或其他与世隔绝的地方。如果发现这样的人，给予他们荣耀，因为他们是作为世人的我们中的一员。他们值得我们为其立起雕像，奉若神明，尊崇敬拜。但是我提醒你们，你们不要吃掉他们的雕像。在印度的有些地方就会发生这样的事情。当他们所崇拜的偶像创造了奇迹——他们所认为的奇迹——祭司们就会将木头做的雕像切成碎片，分给村镇里所有的人，并且让他们拿别的东西作为交换。每个人削下一点木屑，放在即将食用的第一份食物上面。他们相信这样就把偶像吃进了自己体内，相信他会守护他们，为他们挡去一切危险。人啊，这就是你的同类，你怎么看？你像你所认为的那样明智吗？这些是人应该做的事情吗？

d）在这件事上，我知道很少人会与我为敌，因为没人会认为我指的是他，因为很少人会为自己的恶习感到不悦。这些恶习只会让那些没有这些恶习的人感到不悦。很多人厌恶自己的父亲，与朋友断交，只因自己的恶习受到了他们的谴责。对他们来说，对自己不利的事都毫无价值，人们所给出的建议也毫无用处。

九、驳斥巫师与炼金术士

1

没有空气震动的地方，就不存在声音。没有器具，就无法产生震动。这器具不能是无形的。灵魂是无形的，没有声音、形状和力量，如果它变成实体，就无法穿越和进入入口封闭的地方。如果有人说"空气聚集在一起，使得灵魂形成了不同形状的实体，并将实体作为器具，可以说话并且进行有力的运动"，那么我会回复，没有神经和骨头，这些想象出来的灵魂就无法运动，无法发力。于是，那些思辨者便带着他们的教唆逃走了，因为他们给出的理由无法被实验证实。

2

好好思考一下，那些我们所熟知的事物的名字，是如何在唇与齿的帮助下，借助舌头的运动被说出来的。那些组成语言的或简单或复杂的词，是怎样通过舌头这一工具，到达我们的耳中的。如果所有自然事物都拥有名字，那词的数量将是无限的，正如自然中所存在无限事物。这些事物的表达不会只用一种语言，而会用许多种语言。这些语言本身也会无限延伸和发展，在时代更迭中，在各地间，出于战争等原因，通过民族融合，不断相互影响，发生变化。这些语言也会被遗忘，就像其他自然所造之物一样。如果我们都认同世界是无限的，那就可以说，这些语言在无限的时间中也是蕴含无限变化的。

出现这一现象，是因为伴随着大自然不断创造的事物，语言也不断发展延伸。大自然所造之物不会改变，但是随着时代变迁，人类所造之物不断改变。人类是大自然所创作出来的最伟大的工具。大自然只负责创造基本元素，而人类在这些基本元素的基础上，可以创造出无限的复合物。但是，人类无法创造基本元素，除非是创造人类本身，即生儿育女。关于这一点，年老的炼金术士可以作证。无论是出于偶然还是特意设计好实验，他们从未能造出自然所造之物，哪怕是最微小的东西。这一炼金术士群体值得称赞，他们发现了事物可以为人所用之处。如果他们不制造有毒之物，不制造危害人的生命、腐蚀人的心智的害人之物，他们会更值得称颂。他们自己也无法豁免，会被这些害人之物所伤。然而他们刻苦钻研，反复尝试，并不是为了炼制大自然中的下等之物。他们想炼制的，是大自然的杰出作品——金子。金子是太阳之子，因为和别的事物相比，它与太阳最为相似。没有什么别的东西能像金子那样永恒。火可以烧毁其他大自然所造之物，使其变成灰烬、玻璃或者化为灰烟，却无法烧毁金子。如果一个无知的贪婪之人也向你指出这一错误，那你为什么不到矿山里去？那里有自然所造的金子。在那里，你会以自然为师，你的愚蠢会被治愈。大自然会向你展示，你在火中炼制的任何东西，没有一样是大自然用来创造金子的。矿山里没有银，没有任何类型的硫黄，没有火。除了鲜活的大自然本身的热量之外，那里没有别的形式的热。大自然会向你展示分布于青金石中的金枝，让你明白那颜色是无法在火中炼成的。好好观察一下这金枝，你会看到它的尖端在不断地缓慢生长，它们所触碰之处，会出现黄金。注意一下，这里有生魂，这是你无法创造的。

3

但是，在所有人们争辩的论题中，关于巫术可信性的辩护才是愚蠢至极的。巫术和炼金术是一对姐妹。炼金术自以为可以炼制自然基本元素。但相比之下，巫术更该受到谴责。因为巫术除了谎言什么都不创造，而巫术本身就是一个谎言。炼金术还不至于沦落至此。炼金术利用生于自然的简单元素来创造物品，而自然本身无法这么做，因为自然本身无法像人类利用自己的双手那样，以器官作为工具制作玻璃等物件。相比之下，巫术就像是随风飘扬的旗帜，引导着一群愚蠢的人，让这群人鼓掌称颂，不断见证这项技艺的无数功效，并把这些功效写成整本整本的书。他们宣称幻术有效，灵魂具有重量，没有舌头也能说话，没有任何器官也能说话——要知道，器官是开口说话的前提。除此之外，他们还宣称灵魂可以呼风唤雨，制造雷暴，可以把人变成猫、狼和其他野兽。而这些人说的这些话，就先把他们变成了野兽。当然，如果像许多愚蠢的人所相信的那样，巫术是真的，那可以说这世上没有比这更能用来毁灭或服务于人类的东西了。如果是真的，那这项技艺便能用来扰乱空气的安宁，使黑夜降临，在夜空中制造暴雨，唤来可怕的雷声闪电，让狂风吹倒房屋，将树木连根拔起，并且利用这些来打击行军的士兵，击垮他们，杀死他们，还能通过制造风暴夺去农民辛苦劳作的成果。噢，如此一来，敌人便失去了作物收成，还有什么作战方法比这个更能打击敌人呢？还有什么海战比让它来兴风作浪更能摧毁和打击敌人的兵船呢？那些拥有并掌控这项技艺的人，将会成为人类的主宰。人类的智慧无法抗拒这毁灭性的力量。藏在土地中的珍宝将会在他们面前呈现；堡垒和要塞无法保护任何人，除非巫师们想要这么做。巫师将穿越空气，从东方去到西方，去到宇宙所有的角落。我还有什么必要再费口舌？像这样的技艺，还有什么不能做的呢？几乎没有，除了无法逃避死亡。因此我们可以得出结论，如果这项技艺所能带来的损害和用处是真的，哪怕只是一部分，为何它没有在人类当中留存下来？人类多么想获得这样的力量，还不需要求助于神明。有无数的人，为了实现自己的愿望，向天主和全宇宙祈愿。这项技艺如此能满足人类的需求，却没有在人类当中留存下来，那可以说它从来就没存在过，将来也不会出现。灵魂是不可见的，无形的。在元素内，没有无形的东西，因为没有实体的地方，就只有虚空。而虚空无法存在于元素之内，因为虚空会马上被元素本身填满。

4. 论灵魂

在这张纸的另一面，我们把灵魂定义为"附在身体上的潜在能力，无法单独存在，也无法在某个地方进行任何类型的运动"。有人说灵魂可以独自存在，但无论如何，它无法独自存在于元素内。因为如果灵魂是无形的，那它也是虚空的，而虚空无法存在于大自然中。一旦出现虚空，其所栖身的元素会马上发生崩塌，将这虚空填满。

关于重量，其定义是："重力是附属的力量，是一个元素被推向另一个元素时产生的。"元素本身不会对其本身施加重力，但对于在它之上的比它更轻的元素，会产生重力。比如说，一部分水相对于另一部分水来说不会更重或更轻，但如果你把水提到空中，这部分水就会获得重力。如果你把空气拉到水下，那在这空气之上的水会获得重力，而这部分重力无法自己支撑自己，便会导致崩塌，使这部分水掉落下来，填补没有水的空间。存在于元素当中的灵魂也一样如此。如果灵魂不断地在其栖身的元素当中制造虚空，那它就必须不断逃向上空，直到脱离元素。

5. 元素当中的灵魂如果有实体

我们已经表明，灵魂如果没有实体，在元素当中便无法独自存在，也无法按照自己的意愿运动，只能升向上空。我们现在要讨论的是如果灵魂在空气中获得了实体的情况。灵魂肯定会融入空气中，即便灵魂聚成一体，也总会被切分，并制造出虚空，就像前面所说的一样。因此，如果必须待在空气中，灵魂会被注入一定量的空气，和空气混合。这会导致两种不适应的情况。要么它会使与其混合的那部分空气变轻，变轻的空气会向上升，不会存在于比其更重的空气当中；要么，灵魂会分散和分离，丧失其主要的特点，使其本质发生改变。

除此之外，还会发生第三种不适应的情况。这部分被空气占据的灵魂，会被风穿透，风会不断地分离和撕破聚集的空气，将其推向别的空气。因此，空气支离破碎，融入空气中的灵魂也会被分割、搅碎、破坏。

6

如果灵魂融入空气化作实体，本身是否可以运动。灵魂如果融入空气当中，是不可能使空气运动的。在之前我们就阐述过"灵魂会使其所融入的空气变轻"。因此，这一部分空气会上升，升到其他的空气之上，是它本身的轻盈使它发生了运动，而不是灵魂的意愿。如果这部分空气与风相撞，那这部分空气将会因为风而运动，而不是融入其中的灵魂使它运动。

7. 灵魂是否可以讲话

在阐述灵魂是否可以说话之前，首先需要定义什么是声音以及声音如何产生。我们会这么说："声音是在稠密实体中发生摩擦的空气的运动，或者说稠密实体在空气中发生了摩擦。稠密实体与稀薄实体的摩擦使得稀薄的部分变密，使其更加稳固。稀薄且速度快的那部分实体与稀薄但速度慢的那部分实体相碰撞，产生声音，甚至是巨大的声响。稀薄实体向稀薄实体的移动所制造出的低沉声响，就像是火焰在空气中发出的声音。当一个快速的东西穿越了一个静止不动的东西，使稀薄实体与另一稀薄实体碰撞，便会带来巨大声响，就像是火焰从大炮中喷出，震动了空气，制造出火星。"

因此，我们可以说，灵魂如果不借助空气的运动便无法制造声音，在灵魂当中没有空气，灵魂无法制造空气也不拥有空气。如果灵魂想要搅动其所融入的空气，那么就需要灵魂自行增多，但灵魂无法增多，也不可被计数。另外，第四个定义是这么说的："如果不借助稳固之物，稀薄之物便无法移动。"如果本身无法自己移动的元素要在自己内部移动，那就需要自己内部发生挤压，比如手抓着海绵，将其放在水中，手对其进行挤压，水便会穿过手指之间的缝隙向各个方向运动。

8

如果灵魂有声音并且可以被听见，那什么是听见和看见，声音的震动波如何在空气中移动，物体的影像如何到达眼中。

9

噢，科学家们，揭示这个错误吧！灵魂没有声音，因为有声音的地方就有实体，有实体便会占据空间，会使眼睛无法看到置于这空间之后的物品。这一实体会用自己的影像填充其所占据的空气。

10

　　那些无法被感知的想象之物是虚空的，除了带来损害，产生不了任何真理。这些言论源于智慧的贫乏，说出这些话的人往往也是贫穷的。 即便他们出生富有，那最后也会在贫穷中老去，直至死亡，因为大自然似乎会报复那些妄图创造奇迹、好高骛远、急功近利、华而不实的人。那些想要一天暴富的人，会长时间生活在贫穷困苦中。同样的事也总会发生在试图炼制金银的炼金术士身上，发生在那些想要让死水能独自不停运动的工程师身上，以及那些最愚蠢的巫师和神棍身上。

11

　　那些错误地解读自然的人，宣称具有活性的银是所有金属的源头，却忘了自然会撒播不同的种子去创造多种多样的物质。

十、关于自然法则的争论：支持与反对

　　反对：为什么大自然不能阻止一种动物以另一种动物的死亡为生存的基础呢？

　　支持：大自然总是希望并乐于源源不断地创造新的生命，因为它知道，新生命的到来能增加大地的丰富性。大自然如此乐于创造，其创作速度之快，超过了时间的消耗速度。于是，大自然便让许多动物成为别的动物的食物。但因为这不足以达到其期望的平衡，大自然还常常释放一些致命的瘟疫病气，让瘟疫不断出现在大批聚集的动物群中。在人类群中这最为常见，因为人类数量增长很快，而别的动物不以人类为食物。倘若无因，便将无果。[1]

　　反对：那么，按照你所阐述的理由，这块土地既希望生命不断增长，同时还设法让它们消逝。通常，果与其因相似。动物是万物生命的体现。

　　支持：你看，人类想要回到故土，回到最初的混沌，就像蝴蝶想寻回光芒一样。人类总是不断地盼望着新的春天、新的夏天、新的月份，新的一年。在人类看来，他们所期待的事物，总是到的太晚，却意识不到，他们期待的是自己的死亡。这一期待存在于第五元素中。第五元素是所有元素的灵魂，藏在人体的心魄中，总期待着回到它的创造者手中。我希望你明白，这样的期待存在于伴随天性的第五元素中，而人类是万物的典型。

---

[1] Se non si mantiene un equilibrio nella natura e alcuni animali non muoiono, non ci saranno risorse sufficienti per tutti. （如果自然不能保持平衡，且一些动物死去，那么所有物种都无法获得足够的资源。）

十一、初次飞翔

在大天鹅山上，大鸟将开始初次飞翔。它将在天地间填满惊奇，在笔墨中扬名立万，为其出生之地带来永恒的荣耀。

十二、为一个论证所写的草稿 [1]

1

我认为，视力可以顺着视线延伸到不透明的物体表面，物体的力也能延伸到与视力相遇之处，两者之间的空气中会充满物体的形象 [2]。

[1]　在《大西洋古抄本》（*Codice Atlantico*）中相隔不远的两张纸上，达·芬奇为一个论证列出了诸多论点。两张纸上论点的排列方式有所不同，但几乎都是临时记下的草稿，有待进一步整理。

达·芬奇论证的观点如下：与视觉有关的光学现象取决于两股精神力的相遇，其中一股精神力来自寻找物体的眼睛，另一股精神力来自向四周辐射的物体。一些科学家，即文中的"数学家"对此持反对意见。他们认为，眼睛无法释放能量，能量会消耗构成眼睛的物质。达·芬奇反驳道，精神力与物质无关，不会造成任何损耗。不过，要想钻研看不见摸不着的能量，无异于天方夜谭，所以这番数学证明（matematiche dimostrazioni）只有一个任务，那便是准确地阐明、描述自然现象。于是，达·芬奇请对方查明一系列不见起因，唯见结果，且只有借助非时间、非物质的概念才能解释的事实。这些事实都与眼睛的视力有关。其实除了视力以外还有很多精神力，它们的存在和运作方式比视力更令人惊奇。

如上所述，举例论证是唯一的论证方法。第 1、2 段里的论点一定会出现在最终的手稿中，顺序应当如下：先论灵魂，即通过视觉和触觉瞬间获知物体形态与性质的汇通之感；再列举太阳、月亮、星星、火焰等发光体呈现在空气中的形象；然后论述照耀四方，温暖大地，孕育生命，且不会自我消耗的太阳。此外还有一系列反问："物体发出的声音和气味传到远方时，会给物体本身造成半分损耗吗？""你们不知道动物的眼睛里汇聚着无穷无尽的神秘力量吗？不知道动物能用眼睛催眠对方，只用目光便可夺其声音，乃至取其性命吗？""那些歌颂爱情的诗人和研究爱情的理论家没有说过，从女人眼眸中散发的能量可以唤起爱情吗？"

值得注意的是，相比于"一种叫作力诺的鱼（pescio detto linno）"，达·芬奇对爱情的力量着墨甚少。这种鱼能在夜里点亮深海，杀死所有被光照到的鱼。

[2]　译者注：将 similitudine（……的类似物）译为"……的形象"。

每个物体均是如此。那么，所有物体加起来，不仅能让空间充满各物形态之形象，还能让空间充满各物能量之形象。

举例。当太阳位于本半球正上方时，你可以在每个有阳光照射的地方看到它的各种形态，并能在相同位置看到它的各种亮度。除此之外还有热能的形象。所有能量都从本源[1]出发，沿着光线到达不透光的物体，不会损耗本源。

北风的能量无影无形，四处延伸。无论是稀薄之物还是浓密之物，无论是透明之物还是混浊之物，都会受其影响。但是，北风的形象不会因此消损。

反驳[2]。这些数学家说，眼睛不具有能够延伸到本体之外的精神力，否则视力会严重受损。他们还说，若是眼睛和地球一样大，那它在注视星体时也会有所损耗。因此，他们认为眼睛只有接受的能力，没有发送的能力。

举例。麝香的扩散性一向很强，如果有人带着它行走千哩[3]，它的气味就会弥漫在沿途千哩的空气中，而麝香本身并无消损。噢！他们[4]对此会做何解释呢？他们难道会说，由钟锤相碰发出的钟鸣声日日传遍村庄，因此那口钟会有所损耗吗？我当然知道有人会这么说，只需请这些人阐明以上事实即可。

另几则示例。有种叫拉弥亚（lamia）的蛇日日在村庄出没，难道没有人见过吗？它直勾勾的眼神能引来夜莺，如同磁石吸铁。夜莺则会唱着哀怨的歌，奔赴死亡。

此外，据说狼能用眼神使人声音变哑。

---

[1]　译者注：即太阳本身。

[2]　Confutare（反驳）一词是这一段的标题，也可能和 questi matematici(这些数学家) 是动词和宾语的关系，即 "反驳这些数学家"。不管是哪种情况，Confutare 都意味着 "confuteremo（我们将反驳）"。

[3]　译者注：哩（miglio）是在国际单位制普及之前使用的长度单位，在不同地方长度不一，意大利的 1 哩约合 1851.85 米。

[4]　译者注：指持反对意见的人。

据说，任何生物只要被巴瓦利斯克蛇[1]（Bavalischio）看到，就会命丧黄泉。

据说鸵鸟和蜘蛛用目光孵育蛋卵。

据说少女能用眼睛唤起男人的爱意。

在撒丁岛海滨栖息着一种叫作力诺（linno）的鱼，也有人称之为圣埃尔莫（Santo Ermo）。夜里，这种鱼会用烛火般的双眼照亮大片水域，所有被光照到的鱼都会立刻丧命，翻着白肚，浮到水面。难道渔夫不曾见过吗？

2

视力如何附着在被反射前的光线上。按照哲学家的论述，我们的灵魂，也就是汇通之感[2]（senso comune）位于头部，其精神肢体可以延伸到距离本体甚远之处，这一点在视线中清晰可见。视线在到达物体，遭到阻断时，会立刻把阻断的形态性质反馈给本源[3]。

触觉来源于汇通之感，其能量可延伸到指尖。指尖一接触物体，汇通之感就能判断出此物是冷是热，是硬是软，是尖是平。没有人知道这一事实吗？

物体的形态、颜色和能力如何外现。日食期间，太阳会被月球挡住。此时，如果你拿一块薄铁片，在铁片上凿一个小孔，让铁片对准太阳，并在铁片后相距半臂长（约 0.29 米）的地方放一张纸，那你就能在这张纸上看到月球后太阳的形象，其形态和颜色与本源[4]相似。

第二则示例。这块铁片还能在夜里展现月球和其他星体。但要保

---

[1] 译者注：关于巴瓦利斯克蛇的传说不止一个。根据其中一个传说，巴瓦利斯克蛇的眼神令人惊恐，可致人死亡。参考 Francesco Zanotto, *Dizionario pittoresco di ogni mitologia d'antichita d'iconologia e delle favole del medio evo*, Antonelli, 1843，p.192.

[2] 译者注：参考 Leonardo (da Vinci), Jean Paul Richter.*The Notebooks of Leonardo Da Vinci*, Volume 2, p.125, 将 senso comune 译为"汇通之感"。也有学者将 sensus communis 译为"共通感"，见刘德卿，《整体论与达·芬奇的艺术探索》，载《齐鲁艺苑：山东艺术学院学报》2016（6），第 44-47 页。

[3] 译者注：即发出视线的眼睛。

[4] 译者注：即太阳本身。

证，光只能透过铁片上的小孔射到纸上，不可通过其他孔隙。整个结构像是一个用结实的木头做成的方盒子，盒子的底面、上面和两个侧面是木板，前面是铁片，后面是一张粘在木板边缘上的白色薄纸或莎草纸。

第三则示例。取一支能燃起较长火焰的动物油脂蜡烛，把它放在小孔前面。此时，对面的纸上会出现一束与本体形态相似的长火焰，不过会上下颠倒。

太阳的性质。太阳具有实体、形象、运动、亮度、热度和孕育万物的能力。它们都来源于太阳，但不会损耗太阳。

十三、洪水

1. 描绘洪水

a）首先要描绘一座陡峭山峰的山巅，以及一条环绕在山脚的宽阔河谷。让山坡地皮和荆棘[1]细根一同翘起，向下滑落，露出周围的一块块岩石。让毁灭性的[2]从这险峻之地向下冲，让湍急的水流横冲直撞，把高大的树木连根拔起，使弯曲盘错的树根暴露无遗。让山峰露出古时地震留下的深深裂缝，让沿着山坡飞速滑落的灌木残枝堆在山脚各处，让泥土、树根、树枝和带着泥土沙石的各种树叶混杂其中。

让一些崩塌的山石掉入山谷深处，成为上涨河水的堤坝。让河水冲破堤坝，滚滚流去。让高涨的河水[3]掀起巨浪，让最汹涌的波浪冲毁山谷里的城墙和农庄。城市里的高大建筑倒塌时要扬起大量灰尘。水向上翻涌时要化作烟雾，缠绕成云，迎着下落的雨上升。

但只能让高涨的洪水在深湖里盘旋。让水流形成巨大漩涡，在撞到障碍物后带着泥泞的泡沫涌向空中，在下落时溅起新的水花，让新水花再次涌向空中。让一些旋转的波浪逃出撞击之地，凭借自身冲力，迎面穿过其他漩涡。两个漩涡在撞击时会涌向空中，但不会离开水面。

水从深湖中流出，波浪平息，朝着出口舒展。随后，从空中跌落（落下）的水获得重力和冲力，撞击下方水体，穿过水面，猛撞水底，然后伴着吞没的空气浮出水面。空气留在翻涌的泡沫里，泡沫中

---

[1] 可能缺了一个名词（灌木？）。

[2] 达·芬奇把这里的"ella pioggia（雨）"删去了。

[3] 达·芬奇把这句话的主语生硬地改成了"ringorgata acqua（高涨的河水）"，此般改动并不少见。

又混杂着木头等轻于水的东西，这些东西又会激起新的波浪。波浪运动越激烈，其面积就越大，而底面越宽，浪高就越低：波浪就是这样在不经意间消解的。不过，波浪一旦撞到障碍物，就会向后翻，汇入迎面冲来的下一股浪，其增长规模再次遵循先前运动过程中的增长规律。如果阳光没有穿透云层，那么从云中降落的雨就会和云的颜色一样，也就是和乌云的颜色一样；如果有阳光的话，雨便不会像乌云一样昏暗。大块山石或大型建筑在崩塌后撞击宽阔的湖面，激起千万重浪。浪花飞向空中时，会迎面撞上冲向湖面的东西，因为反射角与入射角相近。在所有卷入洪水的东西中，重量或体积最大的那个会冲得离岸最远。越靠近漩涡中间的水旋转得越快。海浪的波峰落在海浪底部，击打并摩擦表面的气泡。经过摩擦，下落的水碎成水滴，水滴化为浓雾，随风缠成烟，卷成云，最后全部上升，变成空中的云。雨在穿过空气时会遭受风吹，随风摆动，并且根据风的强弱变得或疏或密。如此一来，由透明雨滴形成的云团在空中涌起，通过降落的雨丝显现在观看者眼前。

　　让海浪撞击山峰临海的斜坡，带着泡沫迅速冲向山脊。它在下落途中撞到后浪，发出巨响，然后翻涌着流回海里。洪水上涨，把许多人、许多动物赶到水边的山顶。

　　b）[1] 皮翁比诺（Piombino）海域里的所有波浪都泛着泡沫。

　　c）[2] 关于涌起的水，关于皮翁比诺的风。

　　旋卷的风雨，空中的树枝和树木。

　　清空船里的积雨。

2. 洪水，以及如何在画中展现洪水

　　a）只见一道道疾风裹挟着厚重而持久的暴雨，吹打着昏暗而阴沉的空气，将无数残枝和秋叶吹落各地。只见狂风把古树连根拔起，撕扯蹂躏。只见山石被河水冲走，堆在河道，阻塞河谷，以致河水上涨，

---

[1]　该段写在纸张下方的角落里，上面有几幅素描。
[2]　该段写在纸张下方边缘。

泛滥成灾，淹埋土地，吞没百姓。你还可以看到，很多山顶上聚集着各种各样的动物。它们惊恐而温驯，陪伴着逃亡的男男女女和他们的孩子们。在被水淹没的田地里，木板、床板、船只等各种各样在死亡的威胁下不得不造出的逃生工具随浪漂浮。男男女女和他们的孩子们坐在上面，不停地哀怨哭泣。他们看着狂风呼啸，水面翻腾，溺亡者的尸体时沉时浮，不禁惊恐万分。狼、狐狸、蛇等各种逃亡的动物惊慌失措，暂停争斗，聚在一起。哪处水面上没有动物，哪处的水流就轻快无比。波涛袭来，用溺亡者的尸体拍打水岸，这足以夺去尚存者的性命。

你会看到人们聚在一起，手持武器，对抗前来求生的狮子、狼等猛兽，捍卫小小的容身之处。噢，人们将听到多么恐怖的声音！那是惊雷和闪电穿过昏暗空气，击毁所有障碍的声音。噢，你会看到多少人用手捂住双耳！那是因为狂风暴雨、霹雳惊雷在昏黑的天空中发出巨响。

对另一些人来说，仅仅闭上眼睛已经不够了。为了避免看到天主之怒对人类的残忍屠戮，他们把双手叠放在眼睛上，不留一丝缝隙。

噢，有多少声哀怨！噢，多少人在恐惧中从岩石上一跃而下！只见大栎树粗壮的树枝上挤满了人，狂风却把树枝连人一起卷到了空中。

又有多少船只倾覆！在这些或完整或破碎的船上，人们饱尝逃生之苦，举手投足间透露着悲痛的心情，预示着恐怖的死亡。还有些人无法忍受痛苦，做出绝望之举，了结生命。在他们之中，有人从陡峭的岩石上一跃而下，有人亲手勒死自己，有人抓起自己的孩子，狠狠地摔在地上[1]，有人用手中的武器自残、自戕，有人跪倒在地，恳求天主。噢，多少母亲为淹死的孩子痛哭！她们将孩子放在膝上，朝着天空张开双臂，喊出对神之愤怒的责备。还有些人把交叉紧握的双手啃

---

[1] 这句话的主语是复数形式——"alcuni altri（一些人，另一些人）"，但是谓语动词"stringeva（勒）""pigliava（抓）""sbatteva（摔）""uccidea（自戕）""raccomandava（恳求）"均为第三人称单数形式。我们可能需要把这些谓语动词理解为第三人称复数，但也有可能达·芬奇笔下的"alcuni altri"具有第三人称单数的意义。译者注：根据以上注释，将主语"alcuni altri"译为"有人"。

咬得鲜血淋漓，在无法忍受的剧痛中蜷缩成一团。

只见洪水围住成群的马、公牛、山羊、绵羊等各种动物，把它们逼到高山山顶。它们太过拥挤，以至于中间的动物被拱了起来，在其他动物身上走来走去。它们争斗激烈，很多动物都因缺少食物而活活饿死。

鸟儿只能停靠在人和动物身上，因为它们找不到一块没被活物占据的土地。饥饿是死亡的臣子，已经夺去了许多动物的性命。尸体肿胀，从水底浮到水面，随浪翻腾，在浪头上彼此拍打，好似一个个装满风的球，一碰到一起就向后弹开。而这些尸体就是鸟儿的栖息之地。只见这天谴上方，天空乌云密布。如蛇般蜿蜒的闪电伴着隆隆雷声劈开乌云，在一片昏黑中时而照耀此处，时而点亮彼处。

b）分类。黑暗，风，海上风暴，洪水，燃烧的树林，雨，天上的雷电，地震，山崩，被夷为平地的城市。

把水、树枝和人卷到空中的旋风。

被风刮走，载着人随风飘荡的树枝。

挤满人的树木残枝。

撞碎在岩石上的船只。

冰雹，雷电，旋风。

一群群羊。

树上的人。不过树已不堪其重。

挤满人的树、岩石、塔、山丘，船只、木板、木槽等漂在水上的工具。

挤满男人、女人和动物的山丘，从云中射出、照亮万物的闪电。

3. 洪水的描画

暴雨如注，遮天蔽日。雨被疾风刮斜，在空中形成一股股雨浪，与我们看到的尘土并无二致，只是它会随着穿过其间的雨柱变化，而它的颜色也已被雷劈云层时的产生的火焰染红。随之而来的闪电劈开了在山谷里泛滥的洪水，让谷内折断的树冠重见天日。

只见海神尼普顿（Nettunno）手持三叉戟立于水中[1]，只见那些被连根拔起、浮于水面、卷入巨浪的树木被风神埃俄罗斯（Aeolus）用风聚集起来。

霹雳和闪电接连不断，地平线乃至整个半球都好似陷入了混沌的火海。只见大树上挤满了人和鸟，上涨的洪水掀起惊涛骇浪，将这一人间地狱团团围住。

4

只见成群结队的鸟儿随着旋风从远处飞来，几乎无法辨识，因为它们在空中盘旋时，有时以侧面示人，有时以正面示人。以侧面示人时鸟儿显得最小，以正面示人时鸟儿显得最大。最先出现的鸟群好似一团模糊的云，第二群、第三群鸟离观看者更近，因此更加清晰可辨。

离人最近的那群鸟斜落在随着洪波漂流的死尸上，啃食腐肉，以至于原本轻飘飘的尸体（？）变得沉重，倾斜着缓缓（？）沉入水底。

5

只见人们急匆匆地把粮食装运至（？）在情急中仓促（？）造出的船上。

乌云和阴雨笼罩之处，波浪毫无光泽。

但是霹雳可以放出闪电，照亮大地。在这些地方，围观者视野中的波浪越多，他们看到的闪电倒影发出的亮光就越多。

观看者离得越远，看到的波浪上的闪电倒影就越多。同理，观看者离得越近，看到的闪电倒影就越少。正如月光和海平面的规律所证，只有远离大海时，人眼才能接收天体光线在海面上的投影。

6. 疑问

由此产生了一个疑问：诺亚时期的全球大洪水是否真的是全球性的。应当不是，以下是我的理由。我们在《圣经》中读到，该洪水持

---

[1] 引自普尔奇（Pulci）的《莫尔甘特》（Morgante）第 14 歌第 69 节："Poi si vedea Nettunno col tridente（而后见尼普顿持三叉戟）"。

续了四十个昼夜，大雨一刻不停，波及全球，积雨比世间最高的山还要高十肘 [1]。洪水若是全球性的，那就会覆盖地球，而地球是一个球体，球心到球面任何一点的距离都是相等的。鉴于这一点，水是不可能在球面上流动的，因为如果没有落差，水不会自己流动。既然我们证明了水不会流动，那么这一洪水是如何退去的呢？除非它往天上流，不然怎能退去呢？没有自然原因可以解释这一点，因此我们要么用奇迹来解释这一疑问，要么就得说水在太阳下蒸发了。

[1] 译者注：肘 (gomito)，也称腕尺（cubito），是古代长度单位，指成年男子从肘到中指指尖的平均长度。

十四、洞穴 [1]

a）正如旋风吹过沙谷，疾速前进，横冲直撞，把所有障碍物刮到谷底……

b）北风也带着暴风雨呼啸而来……

c）当北风呼啸而过，斯库拉（Silla）和卡律布狄斯（Cariddi）[2]之间涌现浪花泡沫之时，澎湃的大海也没有发出如此巨大的声响；当关在斯特龙博利火山（Stromboli）和蒙吉贝洛火山（Mongibello）中的硫磺火焰奋力迸出，毁山劈石，四处喷射时，也没有发出如此巨大的声响；当蒙吉贝洛火山烧红的山洞关不住洞中之物，用力把它喷射出去，任由它愤怒地驱逐一切障碍时，也没有发出如此巨大的声响。

d）我渴望看到大自然创造出的种种奇象。在这一强烈欲望的驱使下，我在阴暗的岩石间徘徊许久，最终来到了一个大洞穴的入口。在洞口前，我惊奇不已，对眼前之物一无所知。我把背弯成弓形，左手扶着膝盖，右手放在低垂的睫毛和眯着的眼睛上方。我四处弯腰查看，想试试能不能看到洞里的东西。但我不敢迈步向前，因为洞中昏暗无

---

[1] 这四个片段占据了《阿伦德尔手稿》中的一整张纸。从段落之间的距离看，纸上共有四段。前两个没有写完的段落应该并为一段，作为第三段的开头："A sembianza... non altrementi（正如……，也……）"。

[2] 译者注：斯库拉和卡律布狄斯是墨西拿海峡两侧的悬崖，自古以来就是凶险航路的象征，相传两只同名的怪兽分别盘踞在两地，其中斯库拉在雷焦卡拉布里亚附近，有十二只脚和六个头，每张嘴里长着三排牙齿，狂吠如犬。卡律布狄斯位于西西里岸边，藏在高大的无花果树下，每日三次吞吐墨西拿海峡的海水，制造漩涡。参考 Patrizio Sanasi.Dizionario dei miti e dei personaggi della Grecia antica, https://www.docsity.com/it/diz-miti-greci-storia-a-a-v-v-dizionario-dei-miti-e-dei-personaggi-della-grecia-antica-e-book-italiano/639270/,2016-2-18.

比。片刻之后，两种情感——恐惧和渴望——涌上我的心头。我既害怕危险而昏暗的洞穴，又渴望看看洞里是否有奇物。

十五、海怪 [1]

1

（噢，你在世时曾是善于创造的大自然的得力助手！你无须强大的力量，最好抛弃安宁的生活，遵守天主和时间赋予创世自然的法则。）

你无须壮硕而多刺的脊背，因为你习惯于用胸膛劈波斩浪，追逐猎物，掀起狂风暴雨、惊涛骇浪。

---

[1] 《阿伦德尔手稿》第 156 张纸的正面饱受达·芬奇频繁删改的摧残，比如在片段 1 中，第一段除了 "A te non valse...（你无须……）" 几个词以外全被他删掉了。尽管中间有空白，我们还是可以把这几个词和下一段连到一起读。不过其他空白都是用来分隔段落的。"Per le cavernose...（……好似洞穴……）" 独成一行，尚未写完。最后一段里的 "Ora disfatto...（现在被……摧毁……）" 的字体和其他部分稍有不同，应当是后来所写，或者是达·芬奇换了支笔写的。

片段 2 共有 3 段，主题相同，摘自《大西洋古抄本》第 256 张纸正面 a 部分。达·芬奇没有明确表示自己偏爱于哪种表达，不过我们可以从动物前进的动作中看出他在塑造海怪形象上的进步。第一段中，他着重描写海怪的外形，略写其动作。第二段中，他将注意力集中在海怪的运动上，不过对动作的描写仍然有限，其中 "volteggiando" 一词是普尔奇在描写海洋时常用的词语。这个词有两个意思，第一个意思是时时改变航向，保证船只稳占上风，不偏离航道，第二个意思是缓慢前行，见普尔奇《莫尔甘特》第 28 歌第 25 节 "ma perché volteggiando pur s'acquista"，载 Lingua Nostra, XII, p. 41. 第三段则强调海怪动作的庄严和强劲，比如海怪豪迈地 "solce le acque（劈开海面）"。这三段层层递进，仿佛这个高傲的怪物把体内的能量循序渐进地释放了出来。把纸翻过来就会发现，这几段刚好写在 "Esempi e pruove dell' accrescimento de la terra（陆地生长的示例和证据）" 的字里行间。"antiche e disfatte città essere da l'accrescimento della terra occupate e nascoste（陆地增长后所掩埋的古城）" 就是陆地生长的示例和证据之一。海怪应该是达·芬奇后来想出的新示例，它比其他示例更有诗意，但缺乏科学价值，因此达·芬奇将其写在了纸张背面，像是写给自己看的。

噢，多少次，人们看到一群群惊慌失措的海豚和大金枪鱼从你无情的怒火中逃之夭夭！而你却疾挥多刺的背鳍，摇晃分叉的尾鳍，在顷刻间掀起风暴，击没船只，使海滩上堆满被巨浪卷来、惶恐不安的鱼。鱼在逃离你的同时，也离开了大海，失去了水源，成为附近居民丰厚的战利品。

噢，时间，万物的消耗者！当万物投奔于你时，你会为逝去的生命提供各式各样的新住所。

噢，时间，受造之物迅疾的掠夺者！你击垮了多少国王，多少子民！在这条鱼葬身此地的奇象发生后，又有多少政权更迭，世事变化！

扭曲的腹腔好似洞穴……

现在你被时间摧毁，耐心地待在这个密闭的地方。

你皮肉消亡，露出森森白骨，支撑身上的高山。

2

a）噢，多少次在浩瀚而澎湃的海洋里看到你在波浪间出没！你黑色的脊背上长满硬密的毛发。你如山一般，举止庄重而高傲。

b）经常在浩瀚而澎湃的海洋里看到你在波浪间出没，在海面上缓慢前行，动作高傲而庄重。你如山一般，用长满硬密毛发的黑色脊背驭浪而行！

c）噢，多少次在浩瀚而澎湃的海洋里看到你在波浪间出没！你如山一般，用长满硬密毛发的黑色脊背劈开海面，驭浪而行，高傲而庄重地前进。

十六、维纳斯之地 [1]

1

a）通往维纳斯之地。

你可以通过四面的台阶走到一片天然的草坪上，草坪下面是一块空心的岩石。一根根柱子支撑在岩石前方，所以岩石下方是一条大柱廊。水先是流到拱廊下的花岗岩、斑岩和蛇纹岩罐子里，而后从罐中涌出，流淌在柱廊里。[2] 向北望去，可见一湾湖水。湖心有座小岛，岛上树木葱郁，浓荫蔽日。水从柱子上方流到柱子底座上的瓶子里，然后从瓶中涌出，分成几股细流。

b）从奇里乞亚（Cilizia）海岸向南出发，便可一览塞浦路斯岛之美，该岛⋯⋯

2

从奇里乞亚南海岸向南张望，便可看到美丽的塞浦路斯岛。塞浦路斯岛是维纳斯女神的王国。许多人受她美貌的蛊惑，任由船只卷进礁石周围的漩涡，撞毁在礁石上。此处柔美的山丘呼唤着漂泊的水手，邀请他们来到鲜花盛开的草木间放松消遣。恬淡的花草香味随风弥漫

---

[1]　如果说片段 1 中的达·芬奇是一位致力于描绘维纳斯王国的画家，那么片段 2 中的达·芬奇就是一名歌颂者，他歌颂的是维纳斯在美好年华里的可以夺人性命的美貌，引自 A. Marinoni, Il regno e il s ι to di Venere, 载 *Il Poliziano e il suo tempo*, Atti del IV Congresso di studi sul Rinascimento, Firenze 1957, pp.273-287.

[2]　译者注：以上几句译文参考 Leonardo (da Vinci), Jean Paul Richter.*The Notebooks of Leonardo Da Vinci*, Volume 2, p.266.

到岛屿各处和周围海域。噢，多少艘船在此沉没！噢，多少艘船撞上礁石！只见此处船只无数：有的撞毁后被沙子半掩，有的露着船尾，有的露着船头，有的露着船底，有的露着肋材。船只遗骸覆盖了整个北海岸，仿佛末日审判要将其复活。北风又起，发出阵阵恐怖的声响。

十七、巨人

1

a）亲爱的贝内德托·德依（Benedetto De［i］）[1]，我要向你讲述一些发生在东方的新鲜事。六月，一个来自利比亚沙漠的巨人现身此地。

b）这巨人生于阿特拉斯山（mont' Atalante），皮肤黝黑，曾与古埃及人、阿拉伯人、米底人和波斯人共同对抗阿尔塔薛西斯（A［r］taserse），也曾生活在有鲸鱼、大抹香鲸和各式船只的大海里。

c）地上血流成河，泥泞不堪。高傲的巨人滑倒在地，好似大山倒塌。[2]乡野颤动，仿佛地震爆发。连冥府之神普鲁托（Plutone）也感到恐慌。

他重重地跌在平地上，颇为惊愕。人们以为他被雷电劈死，于是爬到他巨大的身躯上疯跑，刺得他伤痕累累，好似一群在倒下的大树枝干上乱爬的蚂蚁。

巨人醒来后立刻感到伤口刺痛。他发现身上几乎挤满了人，于是发出了一声惊雷般的怒吼。他双手撑地，抬起骇人的面孔，然后举起一只手，放在头上，这才发现很多人正抓着自己的头发，好似那些经常出现在发丝间的小动物。他摇了摇头，人们随即被甩到空中，活像狂风中的冰雹。很多踩在他身上的人就这样丢了性命，还有许多人在他起身后被他用脚踩死。

---

[1] 贝内德托·德依是一位佛罗伦萨旅行家，曾在米兰生活，还编纂过一部托斯卡纳语–米兰语词典。

[2] 这句话让人想起普尔奇的《莫尔甘特》中巨人轰然倒下的场景。

d）他们抓着巨人的头发，想躲在他的发丝之间，就像在暴风雨中爬上绳索，放下船帆，减少受风的水手。

e）玛尔斯（Marte）为自己的性命担忧，逃到朱庇特（Giove）那里，躲在他身旁。

f）就冷峻的农夫用斧子砍断大树后，在树干上四处乱爬的蚂蚁。

g）他倒下时，好像整个村庄都颤动了。

2

a）一眼看上去，他黑色的脸恐怖无比，尤其是那双深陷在眼窝里的通红双眼。他眼皮上可怕的深色睫毛让天空布满阴云，让大地震动颤抖。

相信我，一看到他那双似火的眼睛，再勇敢的人也想插翅而逃。和他相比，路西法[1]（Lucifero）的面庞好似天使一般。他宽大的鼻孔向上翻，露出浓密的鼻毛。鼻子下方的嘴扭曲歪斜，厚大的嘴唇旁边长着猫须般的毛发和黄色的牙齿。他在骑马的人头上前行，因为人虽骑在马上，却只有他的脚面那么高。

b）他不喜欢弯腰。为了摆脱……的纠缠，[2]他把愤怒转化成狂怒，开始踏进人群，用壮实的双腿带动双脚，一脚把人踢到空中。这些人像冰雹一样，铺天盖地地落在其他人身上，以致许多奄奄一息的人一命呜呼。直到巨足扬起漫天灰尘，他才收敛起残暴行径，遏制住地狱般的狂怒。

我们继续逃生。

c）噢，在这恶魔面前，人们尝试了多少无用的抵抗！任何攻击对他而言都不足为意。噢，可怜的人们！无论是坚不可摧的堡垒，还是高大巍峨的城墙，无论是人数优势，还是房屋建筑，都于你们毫无裨益！留给你们的只有小坑和地洞。你们只能像螃蟹和蟋蟀那些小动物一样，从坑洞中寻找一线生机！

[1] 译者注：路西法是堕落之前的撒旦。
[2] 译者注：此句译文参考 Irma A. Richter, Thereza Wells. *Notebooks of Leonardo da Vinci*, p.255.

噢，多少父母失去了孩子！噢，多少可怜的女人失去了伴侣！

当然当然，我亲爱的贝内德托，我相信自从创世以来，人类从未如此惊恐地哀怨哭泣过！ [1]

d）当然，人类在这种境况下当然会嫉妒其他动物：虽然鹰的力量比其他鸟大，但是其他鸟在飞翔速度上胜鹰一筹，比如燕子可以急速飞翔，逃脱猎鹰的追赶；海豚也可以急速游泳，逃脱鲸鱼和大抹香鲸的追赶。但是我们，可怜的我们，无论怎样逃跑都无法脱身，因为虽说那巨人步伐迟缓，但若论起行进速度，他远胜过任何一匹骏马。我不知道该说什么，也不知道能做什么。不过，我似乎低着头游过了他粗大的喉咙，埋没了他的巨腹之中，稀里糊涂地丢了性命。

3[2]

他的皮肤比大胡蜂还黑，一双红眼如火般炽热。

他身骑健壮战马，

---

[1] 达·芬奇在动情时分会使用当时民间常用的重复性感叹，如这一句中的"Certo certo（当然当然）"。他还喜欢在一串疑问句和感叹句后用"Certo（当然）"或"Certo, certo'（当然当然）"表示强调，《解剖学序言》（Proemio dell'Anatomia）中就有这种用法。

[2] 这是达·芬奇对 A. 普齐（A. Pucci）《东方女王》（Reina d'Oriente）第四歌的默写，或者是对某篇相似文章的抄写。《东方女王》第四歌原文如下：
　　Ed era tutto ner come carbone,（只见他全身都黑如煤炭）
　　Gli occhi avea rossi come foco ardente,（红眼睛好似那燃烧之火）
　　E cavalcava un terribil roncione,（他胯下那骏马令人胆寒）
　　Sei braccia grosso e lungo più di vente,（六只臂粗壮且长余廿拃）
　　Quattro leon legati avea a l'arcione,（马鞍上捆绑着四头雄狮）
　　Mordeva ad arte lor anche co' denti,（他肆意用牙齿撕咬啃食）
　　Semila porci all'intorno con zanne,（亦有猪长獠牙跟随周围）
　　Fuor della bocca più di sette spanne.（其牙齿露嘴外长余七拃）
　　［引自阿尼齐奥·博努奇（Anicio Bonucci）编，博洛尼亚，1862 年］
普尔奇也写过类似诗句，见《莫尔甘特》第十四歌第七十三节：
　　Fuor della bocca gli uscivan due zanne,（从嘴中伸出了两只獠牙）
　　Ch'eran d'avorio e lunghe ben sei spanne.（全都是象牙质长足六拃）

马身宽六拃，[1] 身长二十拃，

马鞍上绑着六个巨人，

他手里的那个巨人用牙齿啃咬他，

野猪从后面跑来，其獠牙

露在嘴外，长约十拃。

---

[1] 译者注：拃（spanna）是一种长度单位，指成年人张开手指后大拇指指尖和小指指尖的距离。参考 Giovanni Gherardini.*Vocabolario della lingua italiana proposto a supplimento a tutti i vocabolarj fin ora pubblicati,* Volume 5,Casa Editrice M. Guigoni:Milano,1878, p.597.

十八、致叙利亚的迪奥达里奥 [1]

1. 书的划分

a）对信仰的颂扬和坚信。

从洪水突然暴发到洪水退去。

城市的毁灭。

民众的死亡与绝望。

追捕布道者，释放布道者，布道者的仁善。

对山崩原因的描写。

它导致的危害。

雪崩。

预言家的想法。

---

[1] 第 145 张纸正面 a 部分上有一幅地图，上面标有一些地点，包括本廷山脉
（Pariardes mons）、前托鲁斯山脉（Antitaurus）、埃尔吉耶斯山（Argeo mons）、
苏丹山（Celeno mons）[以上译名参考 Leonardo (da Vinci), Jean Paul Richter.
The Notebooks of Leonardo Da Vinci, Vol.2，p.391]、底格里斯河（Tigris）、幼
发拉底河（Eufrates）……达·芬奇还在这张纸上画了几座山的素描，山名分
别为戈巴（Gobba）、阿尼嘉沙尔（Arnigasar）、卡伦达（Carunda）。在这张
纸反面还有一大幅风景素描，素描周围的片段摘自一本记录东方奇闻的书。
达·芬奇就这些片段起草了一段神秘的东方之旅，想象自己在 1473 年到 1486
年游历东方。不过学者普遍认为这只是达·芬奇的想象，并未真实发生，笔
者在此不再赘述。片段 1 的 a）段写在纸张右侧边缘，总结了所有要提及的话
题。b）段写在纸张上侧边缘，提出了两个有待解决的问题。c）段是一封书
写规范的信件，包括收信人（致 xx）、主题（北方的意外）和叙事（再次来
到……）。在达·芬奇的想象中，叙利亚的迪奥达里奥派他前往国外调查一个
奇象：叙利亚人眼中彗星般的托罗斯山夜光。但在他执行任务时发生了意料
之外的事：风暴、洪水、雪崩突然袭来。片段 4 对此有所描述，所以将它归
到本章。

他的预言。

亚美尼亚（Erminia）西部低洼地带洪水泛滥，挖开托罗斯山（monte Tauro）[1] 即可排水。

新预言家如何（解释）这场灾祸是他预言的应验。

对托罗斯山和幼发拉底河的描写。

b）在夜半时分，或者夜间三时，山顶为何闪闪发光，宛若彗星？山西边的人觉得它在傍晚后，山东边的人觉得它在天亮前？

为何这颗彗星形态多变，时而是圆的，时而是长的，时而分成两段，时而分成三段，时而连在一起，时而看不到它，时而看得到它呢？

c）致巴比伦[2]神圣苏丹的代理长官，叙利亚的迪奥达里奥（Diodario di Soria）。[3]

相信最近发生在我们北方的意外不仅会使你慌张，还会给整个宇宙带来[4]恐惧。随后我将向你一一讲述，先说结果，再说起因。

我怀着热爱与关切之情，再次来到亚美尼亚的这些地方，完成你派给我的任务。我认为，从靠近我们边界的卡林德拉城[5]（Calindra）入手最有助于我们达成目的。该城位于托罗斯山的缓坡上，西望托罗斯高山之巅，又有幼发拉底河贯穿其中。托罗斯山的山顶如此之高，仿佛能触碰天际，仿佛世上再无更高之物。在白昼来临的四小时前，太阳把缕缕光线投到山顶东侧，山顶极白的岩石反射出耀眼光芒。在亚美尼亚人眼中，这光恰似黑夜中的一抹皎洁月华。山顶直插云霄，其垂直高度比云层还要高四哩。从日落时分到夜间三时，山峰西侧多地均能看到阳光照耀下的山顶。这就是在天气晴朗时，我和你认为是彗星的东西，也是我们在黑夜里看到的形态多变之物。它之所以时而

[1] 译者注：无法查明所指地点，暂且音译为"托罗斯山"。
[2] 译者注：这里的巴比伦是埃及城市巴比伦—开罗的一部分。该城一半叫巴比伦，一半叫开罗，合起来叫巴比伦—开罗。参考 Leonardo (da Vinci), Jean Paul Richter.*The Notebooks of Leonardo Da Vinci*, Vol.2，p.385.
[3] 当地长官，也称"devadar"。
[4] 该处手稿破损。
[5] 译者注：无法查明所指地点，暂且音译为"卡林德拉城"。

分成两段，时而分成三段，时而长，时而短，是因为空中的云飘在山峰和太阳之间，阻截太阳光线，挡住山峰发出的亮光，从而使山峰亮度不断变化。

2[1]

a）托罗斯山的形象。

噢，迪奥达里奥！你不应指责我懒惰，像你的斥责所暗示的那样。你对我关爱备至，屡屡施恩，这激励我勤奋而刻苦地调查这一惊天奇象的成因。而查明现象并不是件一蹴而就的事情。现在为了让你满意，为了让你知道此般奇象的成因，我必须先向你介绍这座山的形象，再来描述这一现象。我相信这样会让你满意的。

b）噢，迪奥达里奥！我无法立刻满足你热切的请求，请你不要为此苦恼，因为你托付之事的性质让我无法在短时间内将其解释清楚，更是因为若想解释此般奇象，必须详细描述该地的自然环境。只有这样，我才能轻而易举地满足你之前的请求。

我暂且不谈小亚细亚及其周围的海洋和陆地，因为我知道你对此进行过认真而细致的研究，没有遗漏任何信息。我会直接描述托罗斯山的真实形象，这有利于我们达成目的，因为正是它的形象引发了如此令人惊叹且具有极大破坏力的奇迹。

很多人都说托罗斯山是高加索山（monte Caucasso）的山脊。因为想要研究透彻，我曾试着询问过里海（mar Caspio）附近的居民。他们说，尽管他们那里的山都很高大，而且名字相同，但只有那座山 [2]是真正的高加索山，因为"高加索"在西徐亚语中的意思是"最高的高度"。的确，无论东方人还是西方人都没听说过如此高的一座山。不过，住在山西边的人直到最长夜晚的凌晨六时还能看到阳光照耀下的

---

[1]　从 a）段可以看出达·芬奇试图用郑重而文雅的语言开篇，不过这种风格到第一个分号（译文中的第二个句号处）就维持不下去了，他的语言开始变得干瘪而机械化，仅是 "effetto"（"现象"或"奇象"中的"象"）一词就重复了四遍。b）段开头的语言不甚文雅，但更加准确流利。

[2]　译者注：指托罗斯山。

部分山顶，住在山东边的人也有类似经历，这足以证明我所言为真。

3. 托罗斯山的质与量 [1]

　　托罗斯山山脊的影子如此之长，在六月中旬阳光从南向北照射时，甚至可以延伸到相距十二日程的萨尔马提亚（Sarmazia）边界，在十二月中旬可以延伸到相距一月日程的极北之地许珀尔玻瑞亚的山（monti Iperborei）。托罗斯山的迎风坡云密雾浓，因为风在击打山石时会分成两股，随后在石头后面合成一股。如此一来，风会把各处的云带到此地，留在它击打山石的地方。正是因为汇聚着大量的云，迎风坡还会遭受很多雷击。雷电把山石劈碎，留下满目疮痍。这座山的山脚下，尤其是朝南的那边，居住着生活富足的人们。那里河网如织，泉水汩汩，土壤肥沃，物产丰盈。往上走三哩左右就会看到一片树林，里面有云杉、松树、山毛榉等高大的树木。再往上走三哩，就能看到草原和辽阔的牧场。再往上便是托罗斯山与生俱来的终年积雪。积雪从未消融，一直绵延到距山脚十四哩左右的地方。[2] 再往上还有一哩的路程，从托罗斯山出现之日起就未曾有一丝云飘过。到这里，我们一共走了十五哩路，垂直高度为五哩，大约是托罗斯山山顶的高度。行至山顶半途，虽然可以感到空气变热，平静无风，但是没有任何生物能长久存活于此。除了一些猛禽外，这里没有任何活物。它们在托罗斯山的深缝里孵卵，穿云而下，直奔山中草地，捕捉猎物。山顶只有光秃秃的石头，或者说，在云层上面的山里只有洁白无瑕的石头。因为旅程太过艰辛危险，所以无人能够登上山顶。[3]

---

[1]　译者注：让·保罗·里奇（Jean Paul Richter）将"质与量"解读为"结构和大小"，见 Leonardo (da Vinci), Jean Paul Richter.*The Literary Works of Leonardo Da Vinci*, Vol.2，p.321。

[2]　译者注：原文本意为"十四哩左右的高度"，但按照上下文应译为"距山脚十四哩左右的地方"。

[3]　高加索山垂直高度为五哩，上山路程崎岖，长达十五哩，可分成以下几个部分：从地平线到三哩是耕地和居所，从三哩到六哩是树林，从六哩到九哩是草原，从九哩到十四哩是终年积雪。从这里再往上一哩是洁白无瑕的岩石山顶，岩石的缝隙里栖息着猛禽。行至山顶半途，就会感到炎热的空气（这是因为山顶靠近古代宇宙论中的火层）。

4^[1]

a）正如信中所写，我多次因你时运亨通而愉悦欣喜。我知道，作为朋友，你也会为我的悲惨处境伤心难过。在过去的几天里，我和不幸的居民一同陷入了焦虑和恐惧中，置身于危险和灾祸间，以至于我们对死人都生了妒忌。我当然不相信，事物在分开时竟能变乱为序，而当它们奋力合为一体时，或者说当它们愤怒地合为一体时，竟会对人类造成如此严重的伤害，但这正是我们亲眼所见，亲身经历的事情。我无法想象还有什么事情能严重到这一地步。

最初，强劲的狂风席卷而来，向我们发起攻击。接着，大块大块的积雪崩落，填满了整个山谷，摧毁了我们大半座城市。狂风并不满足于此，它随即带来洪水，淹没了城中所有低地。除此之外还有一场骤雨，确切地说，那是一场毁灭性的暴风雨，夹着雨、沙、泥、石，混着各种植物的根、枝、桩，裹着所有东西，从天而降，砸向我们。最后降临的是一场火灾，那火不像是风刮来的，而像是三万鬼魂招来的。烈火肆虐，烧毁了整片土地，至今未熄。尚存之人已然不多，我们又惊又惧，好像变成了傻子，费了好大力气才鼓起勇气和他人说话。我们聚集在圣殿的废墟前，根本无暇顾及其他。男女老少挤在一起，仿佛群羊。如果没有那些送来救济粮的人，我们早就活活饿死了。

现在你知道我们的境况了吧。而我所描述的这些苦难与我们即将面临的遭遇相比，不过是九牛一毛。

b）我知道，作为朋友，你将为我的不幸感到难过，就像我在信中为你的幸运感到欣喜一样。

c）邻近的居民原本是我们的敌人，这次竟大发慈悲，给我们送来了救济粮。

---

[1]　a）段前有两段划掉的草稿。b）段是为a）段开头写的草稿，所以写在了这张纸的下方，没有和其他部分连在一起。c）段写在这张纸边缘，可能有待插入正文。

十九、信件

1.[1]

无比尊贵的阁下，我已仔细看过并充分研究过所有自诩武器大师

---

[1] 这就是达·芬奇写给"摩尔人"卢多维科（Ludovico il Moro）的那封信，也是达·芬奇流传最广的手稿之一。该手稿于 18 世纪末由奥尔特罗基（Oltrocchi）誊写，于 1804 年由阿莫雷蒂（Amoretti）出版在《绘画论》（*Trattato della Pittura*）的前言"达·芬奇的生平"（Vita di Leonardo）中。直到拉维松-莫连（Ravaisson-Mollien）的文章《达·芬奇手稿》（Les écrits de Léonard de Vinci, 载 *Gazette des Beaux-Arts*, Parigi, 1881）发表之前，这封信一直被视为达·芬奇亲笔。然而，贝尔特拉米（Beltrami）和拉维松-莫连、卡尔维（Calvi，见 Contributi alla biografia di Leonardo da Vinci，载 *Archivio Storico Lombardo*, XLIII）的观点不同，他认为所有或几乎所有《大西洋古抄本》的片段都是达·芬奇亲笔所写，包括那些字迹正常的内容，因为达·芬奇可以用左右两手流利书写（Luca Beltrami, La destra mano di Leonardo da Vinci e le lacune nella edizione del, *Codıce Atlantıco*, Milano, 1919）。贝尔特拉米的推论并没有说服学术界，目前得到普遍认可的观点仍是这封信虽为原件，但并非达·芬奇亲笔所书。

除了使用古文书学方法以外，我们还可以用语言学方法论证此信并非达·芬奇亲笔所写。这封信里有达·芬奇很少使用的拉丁语表达。诚然，在一封写给权贵的信里，出现"similiter, sub brevità, obsidione"等拉丁语词并不奇怪，毕竟这些词在其他手稿中也出现过。但无论是对"et, cum, ad omni"等词如此规范的使用，还是对"levare et ponere, me offero paratissimo ad farne experimento, eccetera"等表达如此频繁的使用，都不像是达·芬奇的风格。

最后，如果把这封信和其他达·芬奇的信件，尤其是他写给权贵的信件做比较，就会发现行文节奏存在着显著的差别。在"致阁下"信中，达·芬奇使用了很多生硬而机械的复合句，但在这封写给"摩尔人"的信中，他却采用了简洁的结构、划分明确的句子和朴实无华的风格，这实属罕见。

还有一点，这封信写作之时，达·芬奇才三十多岁，正处于写作生涯的初期。因此我们有理由相信，第一次给米兰大公写信的他寻求了一位文人的帮助。虽然这位文人以达·芬奇的口述为基础进行写作，但可能简化、框定了他的思想，并用拉丁语表达进行了必要的修饰和润色。

阿拉伯数字应该是为了调整自然段顺序在后来加上的。描写海战的第 9 段与前后描写陆战的段落格格不入，应该放在和平时期那段的前面。

或武器发明家之人所做的尝试。他们发明和制造的武器与平时所用之物并无二致。我并非冒犯他人，只想做出努力，向阁下毛遂自荐。我会毫无保留地向您分享我的秘诀，在合适的时机，按照您的吩咐将其付诸实践。接下来，我会对其中一部分略做陈述：

1. 我有办法造出十分轻巧、坚固，非常便携的桥，有了这些桥，便可时而追击敌军，时而躲避敌军。也能造出拆建容易、便捷，在大火、战争中安全无虞、无懈可击的桥。我还有办法烧毁或损坏敌方的桥。

2. 在围敌之际，我知道如何切断战壕的水源，也能造出无数桥梁、撞墙锤、梯子和其他适用的工具。

3. 同样，[1] 如果敌方的防御设施过高，或者某个地方或地点过于坚固，以至在包围后无法用臼炮攻破，我有办法摧毁每一座堡垒要塞，哪怕它们建在岩石之上。

4. 我还有办法造出十分好用且便携的臼炮，用来投射暴雨般细碎的（石子等类似之物）。臼炮冒出的烟可以震慑敌军，给他们制造严重的伤害或巨大的混乱。

9. 在海上作战时，我有办法制作十分有效的进攻性 & 防御性武器，以及可以抵挡猛烈炮击、扬尘和浓烟的船舰。

5. 同样，我有办法修建隐蔽曲折的地洞和地道，（前往某个）或指定（地方），不发出丁点声响，甚至可修建于战壕或河流的下方。

6. 同样，我会制造密闭、安全而坚不可摧的战车。这些战车可以凭借车上的大炮打开敌军缺口，对方人数再多都会被打得落花流水。大量步兵可以跟在车后，他们将毫发无伤，所向披靡。

7. 同样，如果有需要，我会制作极其精美、实用且罕见的臼炮、迫击炮和投石机。

8. 在臼炮无法发挥作用的地方，我会组建石弩、投石机或其他效果显著、十分罕见的武器。总之，我会根据不同的情况制作各种各样、变化无穷的进攻性或防御性武器。

---

[1]　译者注："同样"指"同样是在围敌之际"。

10. 相信在和平时期，我同样能让您十分满意。论起建筑，论起修建公共建筑和私人住宅，或论起在两地之间修渠引水，我绝不逊色于任何人。

同样，我会雕刻大理石、青铜、陶土。我还会画画。在这些领域，无论谁想和我比，我都可与之一较高下。

此外，我还会建造青铜马，以纪念令尊与斯福尔扎家族永恒的荣耀、不灭的光辉。

如果有人觉得上述哪件事情不切实际，无法实现，我随时可以在您的花园或者任何您喜欢的地方给予证明。向您致以最谦恭的问候。

2[1]

我需要维持生计，所以不得不中断您委托给我的工作，为此我感到十分遗憾。希望不久后，我能赚到足够的钱，安心服务于阁下。我对您信赖有加。如果阁下觉得我有钱的话，那就是自欺欺人了，因为我用五十杜卡 [2] 维持了六口人三十六个月的生计。

阁下，您好像觉得我有钱，这才没有给瓜尔蒂耶里 [3] 大人安排任务。

---

[1] 这篇致"摩尔人"卢多维科的信稿写于 1495 年至 1498 年间。当时由于财政紧张，卢多维科大公拖欠了达・芬奇的薪水，因此两人关系较为紧张。达・芬奇需要寻找其他订单，以维持"六口人"的生计。这段前面有三段删掉的草稿。

[2] 译者注：杜卡（ducato）是中世纪后期至 20 世纪在欧洲流通的货币，在达・芬奇生活的时期，杜卡质地为金，直径 22 毫米，重 3.54-3.43 克。参考 Aldo Cairola.*Le monete del Rinascimento*, Editalia:Roma,1973, p.94.

[3] 译者注：瓜尔蒂耶里（Gualtieri）是"摩尔人"卢多维科的财务官。参考 Leonardo (da Vinci), Giuseppina Fumagalli.Leonardo prosatore: *scelta di scritti vinciani, preceduta da un medaglione leonardesco e da una avvertenza alla presente raccolta e corredata di note, glossarietto, appendice sulle allegorie vinciane*.Società editrice Dante Alighieri:Roma,1915, p.350.

3[1]

a）如果您给我其他委托……作为我服务的报偿，因为我不应……委派的东西，因为他们有……[2] 收入……比我处理得更好……我不想改变我的艺术……做一些包装。

b) 阁下，我知道您的思绪正在被……占据，

向阁下提醒我微不足道的……我本该对此保持沉默……

我的沉默是激怒阁下的原因……

服务于您的生活让我时刻准备着听从……

至于那尊骑马塑像，我不会说什么，因为我了解时局……

阁下，您那里还有我两年的薪水……

两个师傅始终在花我的钱……

所以这份工作让我最后只攒下了 15 里拉 [3]……

我可以用名作向后世的人展示……

全部，但是我不知道在哪里能用我的作品去……

c）我曾想过维持生计……

d）既然您不知道（我处于何种境况以及我如何）……

请您记得绘制小房间壁画的委托……

我给阁下写信，只是为了请求您……

4[4]

a）无比尊贵的阁下，据我观察，土耳其人经由陆地进入意大利

---

[1] 1495 年，达·芬奇开始装饰斯福尔扎城堡的 "camerini（小房间）"。片段 3 是达·芬奇写给 "摩尔人" 的信稿，后来信纸被竖着撕成两半，所以这封信几乎缺少了一半内容。

[2] 译者注：可能是 "更多收入"。

[3] 译者注：里拉（lira）是中世纪流通的银币。

[4] 这是达·芬奇写给威尼斯政府的报告草稿。1500 年 3 月至 4 月，他对索查河东界进行调查，研究抵抗土耳其人进攻的方法。草稿写在《大西洋古抄本》第 234 张纸背面 c 部分。这张纸下方绘有索查河的草图，图中标出了 "Ponte di Gorizia（戈里齐亚桥）,Vilpago（沃尔帕戈）,Alta（上游），Alta"；上方画着插进土里的柱子，也就是粗糙而耐用的鱼梁。报告分散在这张纸上的各个地方，书写的方向也不尽相同。达·芬奇划掉了纸上的所有草稿，显然对此不甚满意。也许，他在另一张纸上写了一篇更好的新报告？我们对此不得而知。

时，索查河（l'Isonzio）[1]是必经之地。尽管我知道无法在河上建造长期防御工事，但我还是要提醒您，如此一条河流可以让我们凭借少数人发挥多数人的作用，因为在这样的河上……

b）据我判断，如果把防御工事修建在方才所说的这条河上，便可获得天大的好处，建在其他任何地方都达不到这种效果。

c）水越混浊，重量就越大。重量越大，河水下流速度就越快。水流越快，就越能损害目标物。

或是漂浮在水上的东西，或是它……

d）平静的河水没有杀伤力，而当河水流动时，那些位于水面下方，并且没有固定在水底的物体会随水流走。水流越是迟缓，物体运动得就越慢……

e）水流带走物体，即木头和石头。

f）我不想让支撑物超过河岸最低的高度，也就是四臂尺……

g）人们会说这个工程不能持久。

被河流卷走的木头会腐烂……

h）[2] 我在此做出回答，所有的支撑物都会和堤坝最低处一样高。河水在涨到这一高度之前，不会冲进堤坝旁边的树林。河水既然不会冲进树林，就不会卷走树木，水流中的杂物也就不会比平时多。

i）如果河水上涨，超过堤坝，如今年所见，水面涨到比堤坝最低处高四臂尺左右，那么河水就会卷走大块的木头，将其引入水流，使其浮于水面，然后让更大的树卡住它们。而大树之所以能抵挡水流，留在原地，是因为它们拥有树枝。

j）就算有少枝或无枝的树进入河流，它们也只会浮在河流上方，不会碰到我齿轮状的支撑物。

---

[1]　达·芬奇一直将这条河流称作"lisontio"，不排除是冠词和名词合成一词的情况（concrezione dell'articolo col nome proprio）。

[2]　这段旁边写有"Del mutare silo del fiume（改变河流的位置）"，也许是这段的题目。

k）（如果他们[1] 恐……担……，[2] 就会在夜间渡过。[3]）

军队如果没有聚集，就无法与之抗衡。军队要聚集，就不能不处于同一地点。如果军队聚集在同一地点，那么就会有两种情况：或比敌军弱，或比敌军强。如果军队比敌军弱小，而且敌军通过间谍……得知了此事，那么他们就可以借助背叛渡过。[4]

l）水流一旦开始激荡，就会卷走木头和大树。此时河水会上涨，从防御工事上方四臂尺到五臂尺高的地方流过。这一点可以从大树上看出。因为一看卡在大树树枝上的东西，就能知道最近一次河水上涨的情况。

m）在河水平静的地方，我们可以用一捆捆木柴填满河道。如此一来，流到此处的东西一定会往回流……

n）（我已经）我无比尊贵的阁下（对索查河进行了细致的考察，除此之外我还了解到）从村民那里（我了解到）如何从四面八方（村民）敌人（在……）来到……

o）无比尊贵的阁下，我已经对索查河的情况进行了细致的考察，并且从村民那里了解到，土耳其人经由陆地进入意大利时，他们的最佳选择就是先来到这条河。由此我得出结论：尽管无法在河上建造永远不被洪水摧毁的防御工事……

p）无比尊贵的阁下，我已得知土耳其人经由陆地进入我们意大利时，他们的最佳选择就是先来到索查河。

---

[1]　译者注："他们"应指敌军。
[2]　译者注：应该是"恐惧，担忧"。
[3]　译者注：应该是"渡过河流"。
[4]　译者注：应该是"渡过河流"。

5.[1] **无比尊贵，无比尊敬的阁下，我备受尊敬的阁下，等等。**

几天前，我从米兰回来，发现我的一位兄长[2]不想给我三年前父亲去世时所立遗嘱中留给我的那份遗产。尽管我是占理的一方，但为了不在这件我非常重视的事情中给自己留下遗憾，我忍不住请求无比尊敬的您向拉斐尔·杰罗尼莫（Raphaello Iheronymo）大人写一封引荐信或介绍信。他现在是审理我案件的显贵之一，而且最高行政长官大人把我的案件交给了这位拉斐尔大人，他将在万圣节来临之前做出判决并结案。因此，我的蒙席，我尽我所知，尽我所能，请求无比尊贵的您向这位拉斐尔大人写一封信，用您擅长的深情语气，向他引荐您忠厚的仆从列奥纳多·芬奇。我如此自称，我想永远做您忠厚的仆从，请您请求他或敦促他认同我的道理并做出有利于我的判决。[3]如上文所叙，我毫不怀疑，凭借拉斐尔大人对您的深厚情谊，事情会按照我的意愿进展。而这都将归功于阁下的信。再次向您致以问候，顺颂大安。

佛罗伦萨，1507年9月18日

无比尊敬的阁下之

谦恭的仆从

画家列奥纳多·芬奇

---

[1] 达·芬奇的父亲，公证员皮耶罗·达·芬奇（ser Piero da Vinci）于1504年7月9日去世。儿子们为遗产事宜争吵不休，直到1506年4月30日的一纸判书才暂时调停了这一矛盾。达·芬奇虽无权继承父亲遗产，却获得了叔父弗朗切斯科（Francesco）的遗产。他也因此被兄弟起诉。为了解决一应事务，他向米兰大公查理·德·昂布瓦斯（Carlo d'Amboise）告假，回到佛罗伦萨。9月18日，达·芬奇把这封信寄给了此案的法官之一——枢机主教伊波利托·德·埃斯特（cardinale Ippolito d'Este）。这封信现藏于摩德纳国家档案馆埃斯特文书室B.4（Cancelleria Estense B. 4），1885年被马尔凯人卡姆波里（Campori）发现。和本章第一封信一样，这封信也不是达·芬奇亲笔所写。

[2] 指达·芬奇的长兄朱利亚诺（Giuliano）。

[3] "认同"是理论上的，"判决"是实际上的。

6[1]

a）你们痛恨弗朗切斯科，让他在有生之年享受你们的（？）[2]。你们痛恨我……

b）你更喜欢谁呢？弗朗切斯科还是我呢？你，想要我身后的钱[3]，想让我无法按照自己的意愿做事，也知道我不能废除继承人。你想质问我的继承人，并非作为兄弟，而是作为外人。而我作为十足的外人，将接受他和他的财产。你们把这些钱给列奥纳多了吗？没有。这或许是因为他说，你们为夺走他的钱财，把他拉进了这个亦真亦假的陷阱里；或许是因为在他有生之年，我不会再和他说话。你们非但不想把借他的钱还给他的继承人，还想让他的继承人为了收到这些钱而支付一笔款项。

c）噢，只要这些钱能在将来回到你们子女手中，你们为何不让他在有生之年享受一番呢？他不是仍然能活很多年吗？是的。现在你们假设我就是他。你们想让我做继承人，如此一来，我作为继承人，就无法向你们索要我在弗朗切斯科那里应得的钱财了。

7[4]

我无比心爱的弟弟。我写这封信只是为了告诉你，前几天我收到了你的信，看完后得知你有了后嗣。我明白这件事会让你多么兴奋。我以为你是个谨慎的人，但很明显，我不擅识人，你也并不谨慎。你为自己创造了一个勤奋的敌人，并为此兴奋不已。殊不知，这个敌人会倾尽他所有的汗水[5]去追求自由。你若不死，而他的自由要以你的死亡为代价。

---

[1]　这是一封达·芬奇写给兄弟们的信稿，以叔父弗朗切斯科的遗产为主题，密密麻麻地挤在第 214 张纸背面 a 部分上方的角落里。除了这封信外，这张纸上还有关于鸟类飞行的文字和图画，没有一处空白。

[2]　译者注：此处缺少一个名词。

[3]　皮乌马蒂把这句话解读为 "A te costui vole, e mia dà dopo me"，但是句意不明。或许可以把 "da" 看作 "danari（钱）" 的缩写，这样就可以和上下文衔接起来了，但是 "a te" 的意思仍然模糊。

[4]　在与兄弟的财产纠纷中，达·芬奇产生了厌烦情绪，在这封给同父异母的弟弟多梅尼克（Domenico）的信中表露出了消极态度。

[5]　对 "sua sudori disidererà（他的汗水追求）" 的解读有待商榷。

8

无比亲爱的父亲，昨天我收到了您写给我的信。这封短短的信让我又喜又悲：喜是因为读完信后，我知道你们健康无虞，为此我感激天主；悲是因为得知了你们的困境，为此我感到遗憾。

9.[1]（我无比尊贵的阁下……）

（无比尊贵的阁下，我为您的……感到万分欣喜）

无比尊贵的阁下，自从得知了我所渴盼的[2]您的健康后——因为尊贵的您几乎恢复了健康——我欣喜万分，以至于自己的病痛几乎全消[3]。然而我十分遗憾，由于您那位[4]骗子的恶行，我没能完全满足阁下的愿望。对他有好处的事情，我一件都未曾遗漏（没有为我做过[5]）。首先，我提前向他支付了薪水，但我相信，如果没有翻译写的记录和证明，他就会矢口否认（被他否认[6]）这件事。另外，据我所见，除非没有别人的工作，他从不为我干活。而且他在探寻[7]别人的工作时很是殷勤。我请他和我一起吃饭，一起加工作品，因为除了……好[8]作品以外，他还能掌握意大利语。他一直（允诺，但从不

---

[1] 《大西洋古抄本》第 247 张纸背面 b 部分中两份精心撰写的草稿是为同一封信所写的。1513 年至 1516 年，在教皇利奥十世（Leone X）的资助下，达·芬奇和许多艺术家一起在罗马工作，其中，达·芬奇为教皇的兄长朱利亚诺·德·美第奇（Giuliano de' Medici）效劳尤多。朱利亚诺·德·美第奇派给了他两位德国助手：乔尔乔（Giorgio）和乔瓦尼（Giovanni）。但是他们相处得不甚融洽，达·芬奇为此多次向资助人抱怨。第 283 张纸正面 a 部分中又出现了同一封信的部分内容，可能是重新抄上去的。两部分之间的差别只有两处，详见本章第 137 页注释 2 和 3。

[2] 开始写的是 "grande（大的）"，随后写的是 "famoso（人尽皆知的）"，最后写的是 "desiderato（我所渴盼的）"

[3] 最初写的是："che io quasi ho fatto – riavuto la sanità mia – sono all'ultimo del mio male.（以至于我重获健康，病痛几乎痊愈。）"

[4] 之所以用 "您那位"，是因为 "骗子" 直接隶属于朱利亚诺。

[5] 这句话插在两行之间，是一处不确定的改动。

[6] 这也是一处不确定的改动。

[7] 开始写的是 "cierchatore（寻找）"，后来换成了一个更高雅的词 "investigatore（探寻）"。

[8] 这句话写在纸的边缘，直到句号处才结束，应该漏了几个词。

愿做）。而 [1] 我这么做，是因为那个做镜子的德国人乔瓦尼每天都待在作坊里，观察大家在做什么，然后四处散播消息，对他不懂的……事情大加指责。我之所以这么做，还因为他和教皇的卫兵（和我认识的那些德国人）一起吃饭，随后一同离开，去废墟里用枪打鸟，从饭后一直打到晚上。如果我派洛伦佐（Lorenzo）催促他工作，他就会生气，说不想让那么多大师骑在他头上，说他的工作是为阁下看管东西。就这样，两个月过去了。有一天，我找到负责看东西的贾尼科洛（Giannicolò），问他那个德国人是否完成了阁下的任务。他对我说没有，德国人只是给了他两把鸟枪，让他擦干净。于是我又让人催促了他，他却离开了作坊，开始在自己的房间里工作。他做了另一套钳子、锉刀和拧螺钉的工具，为此浪费了大量的时间。他还在那里做了纺丝和纺金线的线轮。一旦我的人进入他的房间，他就把线轮藏起来，说出千句污言，万句秽语，以至于再也没有人想进他的房间了。

b）我尊贵的阁下，自从得知了我一向渴盼的您的健康后，我欣喜万分，以至于自己的病痛几乎全消[2]。然而我很遗憾，由于您那位骗子的恶行，我没能完全满足阁下的愿望。本以为会让他开心的事情，我一件都未曾遗漏。首先[3]，我邀请他和我一同起居，这能让我一直看着他工作，也便于我纠正他的错误，除此之外，他还能学会意大利语。

---

[1] 这句话也写在纸张边缘，但是句尾褪色了，所以有些词无法辨识。

[2] 在第283张纸正面a部分中多了一句"di che Iddio sia laldato（为此我感谢天主）"。

[3] 第 283 张纸正面 a 部分中的改动如下："E prima li sua danari li furono integramente pagati (innanzi al tempo che li avesse meritati) del mese nel qual correr dovea la sua provesione. Secondariamente invitarlo ad abitare e vivere con meco, per la qual cosa io farei piantare un desco a piedi d'una di queste finestre dove lui potessi lavorar di lima e finire le cose di so[tto] fabbricate e così vedrei al continuo l'opera che lui facessi e con facilità si ricorreggerebbe; e oltre a di questo imparerebbe la lingua taliana, mediante la quale lui con facilità parlare potrebbe sanza interpetre.（首先，在该给他发薪水的月份里，我会把一个月的薪水［在该发之前］全部发给他。其次，我邀请他和我一同起居，为此我在窗户下放了一张桌子，他可以在桌子上加工粗制品。这能让我一直看着他工作，也便于我纠正他的错误。除此之外，他还能学会意大利语。这样一来，就算没有翻译，他也能轻易开口说话。）"最后一行，在"轻易"后面还有一个"sa（知道）"，不过后来被删掉了。

这样一来，就算没有翻译，他也能轻易开口说话。最初，我会提前把薪水全部[1]支付给他。后来，他向我索要铁器的木质模型，想把它带回自己的国家。我拒绝了他的请求，告诉他我可以把他索要之物的宽度、长度、厚度和形状画给他。如此一来，我们之间生了嫌隙。

c）第二件事是这样的。他用新钳子等新工具把自己的卧室布置成了一间作坊，为别人工作。他还和瑞士卫兵出去吃饭。那都是些游手好闲之辈，而他比那些人"更胜一筹"。他吃完饭就外出，多是和他们三五成群，一起去废墟里用枪打鸟，直到天黑。

d）最后，我发现这位镜子大师乔瓦尼如此作为，无外乎两个原因。一个原因是他听说我的到来夺去了他在阁下这里一向……[2]的亲近和恩惠；另一个原因是这间铁匠房很适合他做镜子，他为此与我为敌，还让他们卖掉了自己的所有东西……让他们把房间留给自己当作坊，好让他与一众工匠制作大量镜子，拿到集市上售卖。

10[3]

我身边有一个人，想从我这里得到不该得到的东西。他眼看着奢望落空，于是试图夺走我的全部朋友。后来他发现我的朋友十分智慧，不会按照他的想法做事，于是就来威胁我，说会想出一计，夺走我的施恩者。我把这件事告诉阁下，为了（让这个想要像往常一样散播流言的人，找不到接受[4]他卑鄙思想和邪恶行为的土壤）

（[为了]让这个试图利用[5]阁下[6]来展现恶毒本性的人期望落空。）

---

[1] "al tutto fu"有两种解读：根据第一种解读，"al tutto fu"是"al tutto fu (pagato)"，意为"全部（支付）"；根据第二种解读，"fu"是下一句话的开头，本该被删掉，但达·芬奇出于疏漏把它留在了纸上。

[2] 可能是"v'è（有）"。

[3] 相比于其他手稿，10、11、12显得粗略许多。

[4] 达·芬奇最初写的是"a seminare（散播）"，后来改为"a ricievere（接受）"，最后他把括号里的所有内容都删掉了。

[5] 之前写的是："a ciò che non vi faccia strumenti.（为了不让他利用您。）"

[6] "Eccellenzia"是在"signoria"上作出的改动（两词均为尊称）。

11[1]

a）我想让他和我一起吃饭，在……

b）他去和卫兵一起吃饭，在桌边一坐就是两三个小时。除此之外，他们还经常去废墟里用枪打鸟，消磨当天剩下的时光。

一旦我的人进入作坊，他就破口大骂。如果有人斥责他，他就说自己的工作是看管东西，擦拭武器和枪支。

月初，他时刻准备着领取工钱。

为了不被催促，他离开作坊，在房间里布置了一间新作坊，为别人工作，最后我差人对他说……

鉴于他鲜在作坊却花销巨大，我便差人对他说，如果他愿意，我可以买下他做的每件东西，并且进行合理的估价，向他支付我们商定的钱款。他向周围的人打听意见，然后离开房间，卖掉每一件物品，再回来找……

另一个人则向教皇和医院谴责我的解剖工作，因此我被迫停止解剖。整个观景台和乔尔乔师傅的房间俨然成了他的镜子作坊，里面全是他的镜子和工匠。

c）这个人除了每天和乔瓦尼谈天说地以外什么也不做。乔瓦尼则四处宣扬自己是这门手艺的大师。提及不懂的事情，他就说是我不知道自己想做什么，用他的无知责怪我。

d）由于他的存在，我无法从事任何秘密工作。因为房间是彼此相通的，而他总是在我身后。

e）但是他的目的只有一个，那就是统管这两个房间，用来制作镜子。

如果我在他面前制作曲面镜模型[2]，他就会把消息散布出去……

f）他说根据承诺，每月要支付给他八杜卡，从他启程的那天算起，或者晚一些，从他和您谈话那天算起。他还说您已经同意了……

---

[1] 这几个片段挤在第 182 张纸背面 c 部分每一个能写字的角落里，十分杂乱。

[2] 译者注：参考 Leonardo da Vinci, Irma A. Richter, Martin Kemp. *Notebooks of Leonardo da Vinci*, p.351，将 "centina" 译为 "曲面镜模型"。

12

我十分确定，他为所有人工作，他的作坊向民众敞开大门。因此我不想让他在我这里领取固定薪水，而想根据他为我制作的东西向他支付工钱。因为他的作坊和居所在阁下府里，理应优先为您效劳。

13

哪怕他把世间存在和不存在的所有恶行都做一遍，也不能满足他卑鄙灵魂的欲望。我花再多时间也描述不尽他的本性，但我可以顺利得出结论……

14[1]

尊敬的长官，我多次想起阁下对我的承诺，也多次鼓起勇气向您致信，提醒您在我出发前对我的承诺，即笃信王[2]赐予我的十二盎司[3]水。阁下知道我并没有得到这些水，因为在赏赐之时，天气干燥，运河少水，且出水口尚未疏通。但是阁下对我承诺，一旦疏通完毕，我便可如愿以偿。后来，我看到运河已经恢复常态，所以多次向阁下和持有赏赐契据的吉罗拉莫·达·库萨诺（Girolamo da Cusano）大人写

---

[1] 《大西洋古抄本》第 372 张纸背面 a 部分有主题相同的三封信稿。1502 年，法国国王即新任米兰公爵许诺给达·芬奇 12 盎司（约 340 克）圣多福运河（Naviglio di S. Cristoforo）的河水，在干旱结束且出水口疏通后执行赏赐。过了一段时间，达·芬奇发现这两个条件都已满足，但仍然没有收到王室赏赐（即 12 盎司水）。于是，他起草了三封信聊作抱怨，其中一封写给主管水利的长官或领导，一封似乎写给查理·德·昂布瓦斯，一封写给他亲切而忠心的弟子弗朗切斯科·梅尔齐（Francesco Melzi）。在第 317 张纸正面 a 部分中，达·芬奇把第二封信誊写了一遍，并且做了少许改动。这份信稿独占一页，书写也比之前那封整洁许多，应当是信的终稿。

[2] 译者注：参考［意］卡罗·卫芥著，李婧敬译《达·芬奇传》，上海书店出版社 2015 年，第 292 页，将 "Cristianissimo Re" 译为 "笃信王"。

[3] 译者注：此处的盎司（oncia）应指 1 秒钟内流经出水口的水量，根据各地的出水口情况和水流速度变化，其中 1 米兰盎司约合 41.6 升。参考 Carlo Cattaneo.*Notizie Naturali e Civili su la Lombardia,* Vol.1，Giuseppe Bernardoni di Giovanni Tipogr.:Milano,1844，pp.188-189.

信，也曾致信科里杰罗（Corigero），但都没有回音。现在我派弟子沙莱（Salai）带着这封信找您。阁下可以亲口告诉他，在我所求之事过后发生了什么。

15

我尊贵的大人，阁下一直对我关怀备至，施恩有加，我始终铭记在心。

我接受了阁下的厚恩重赏，却鲜有 [1] 报答。我怀疑这给您造成了烦扰 [2]，以至于我多次 [3] 向阁下 [4] 致信，却从未收到回复。现在我派沙莱前去找您，告诉您我和兄弟的争执 [5] 几近尾声。我相信可以在 [6] 您那里度过今年的复活节，也会带着两幅尺寸不同的关于圣母的画 [7]。我已开始绘制 [8] 这两幅画，献给笃信王 [9] 或是您 [10] 想赠予的人。我不想再烦扰阁下，所以 [11] 非常希望知晓，我从这里回去后将会住在哪里 [12]。另外，鉴于我为笃信王所做的工作，我的薪水是否会继续支付？我向水利长官写信，提到了国王赐予我水一事，由于 [13] 运河干涸，旱灾严重，出水口尚未调适，所以我未能得到赏赐。但国王向我明确承诺过，出水口调适完毕后，我就可以获得这些水 [14]。因此我请您 [15] 在遇到这位长官

---

[1] 在第 317 张纸正面 a 部分中改成了 "poca mia（我的少许）"，以下几条注释均为同样情况。

[2] 改成了 "isdegnare（让您恼怒）"。

[3] 改成了 "tante（多有）"。

[4] 改成了 "Signoria（大公）"。

[5] 改成了 "letigio che io ho co' mia frategli（我和兄弟起的争执）"。

[6] 改成了 "trovarmi（位于）"。

[7] 改成了 "di（圣母画）"。

[8] 改成了 "son fatte（我已经完成绘制）"。

[9] 改成了 "nostro re（我们的国王）"。

[10] 改成了 "a Vostra Signoria（阁下）"。

[11] 此处加上了人称代词 "我"，以表强调。

[12] 这句话改成了虚拟式。

[13] 加上了 "in quel tempo n'era（当时）"。

[14] 加了人称代词 "io（我）"，表示强调。

[15] 改成了 "priego Vostra Signoria che non le incresca（阁下，请您不要为此感到烦扰）"。

时提醒他，现在出水口已经调适完毕，请他派人把水给我。据我了解，大部分水利工程都是由他负责的。希望这不会给您造成烦扰[1]。我的事情就是这些。随时听候您的命令。

16

日安，弗朗切斯科阁下！我给您写了那么多封信，而您从未给我回信，这是天主的旨意吗？现在请您等我前去找您。天啊，我会让您写很多东西，您可能会懊悔不已。

我亲爱的弗朗切斯科阁下，我派沙莱前去询问长官大人，在我出发时就已排上日程的运河出水口工程如今结果如何。长官大人曾向我承诺，一旦河流调适完毕，我的要求就会得到满足。我很久前就听说运河和出水口均已调适妥当，于是立刻向长官和您写了信，后来又写过信，但从未得到回复。因此，请您屈尊回信，告诉我后面发生的事情。如果事情尚未有进展，请您不要恼于对长官和吉罗拉莫·达·库萨诺大人稍加催促，也请您转达我对您的问候和信赖。

17[2]

a）[3] 和佛罗伦萨一样，皮亚琴察（Piacenzia）也是通行之地。

b）[4] 尊贵的教堂财产委员，我听说阁下决定实现某项浩大的青铜

---

[1] 改成了 "fare ricordare al presidente la mia expedizione, cioè di darne la possessione d'essa acqua, perché alla venuta mia ispero farvi sù strumenti e cose che saran di gran piacere al nostro Cristianís imo re. Altro non mi accade. Sono. （向长官提醒我的事情，请他派人把水给我，因为我回来后有望做出让我们笃信王满意万分的器械和物品。我的事情就是这些。我是。）"。

[2] 这是寄给皮亚琴察主教堂的教堂财产委员的信稿。当时，委员们需要任用一位艺术家来建造教堂的铜门。"摩尔人"卢多维科门下的许多艺术家和手工匠人都在争夺这一职务，其中最固执、最自负的那个人是贾尼诺·阿贝尔盖蒂（Giannino Alberghetti），公爵手下颇具名望的安布罗焦·费雷里（Ambrosio Ferrere）为他提供支持。

[3] 这句话是信件主旨，写在纸张最上方边缘处。

[4] 片段 b）是一段条理不清的草稿，达·芬奇在接下来的段落中对它进行了梳理。

工程。在你们做出仓促而轻易的指派前，我要提醒你们一些事情。如果指派过快，就会选出 [1] 不堪胜任的人。他的无能不仅会为自己招惹后世骂名，还会让后世的人认为您所处的时代……[2] 缺乏慧眼识珠之人和才华出众的大师。他们还会看到几乎在同一时期，其他城市，尤其是佛罗伦萨，已经拥有了精美绝伦的青铜工程，比如佛罗伦萨洗礼堂的大门。佛罗伦萨和皮亚琴察一样，是交通枢纽，城内有无数外地人聚集。如果所见工程优秀而精美，他们就会对这座城市产生良好的印象，认为此地不乏富有才华、可尊可敬之人，他们眼中的工程也会证实这一观点；如果看到一个粗制滥造、浪费大量金属的工程，他们就会产生相反的观点。因此，为了少让城市蒙羞，还是用简单的木材制作大门吧。毕竟不值得为如此低廉的原材料斥巨资聘请大师，因此……

c）在一座城市中，主教堂是拥有最多参观者的地方。当人们来到主教堂附近 [3]，最先映入眼帘的就是通往教堂的大门。

d）教堂财产委员阁下们，请你们注意，不要仓促而轻易地做出委派，不要操之过急。我听说你们计划修建一项十分宏伟的工程，请不要让这件为天主和子民增光添彩的事情沦为耻辱，给你们的才智和你们的城市蒙羞。何况你们的城市是值得一游的地方，城内有无数外地人聚集。如果你们出于怠惰而信任某个自吹自擂之人，那么耻辱就会降临。如果他凭借花言巧语或所蒙恩惠，从你们这里求得此类工程，那么他和你们都会遗臭万年。一想起那些对我说希望参加工程的人，我就不禁担忧。暂且不管他们的粗劣，只需看看这些就行了：有人是做壶的，有人是做胸甲的，有人是铸钟的，有人是撞钟的 [4]，甚至有人

---

[1] 这一行上面有一个不确定的改动：la via del potere fare bona elezione d'opera e maestro（通过权力顺利选出工程负责人）。

[2] 由于纸张破损，此处缺少一词。不过可以在这一行上方看到 perché Italia si afinicie di boni ingegni（因为意大利已无有才之人）。

[3] "appressatosi（附近）"是达·芬奇后来写在这一行上方的。

[4] 译者注：参考 Leonardo (da Vinci), Jean Paul Richter. *The Notebooks of Leonardo Da Vinci*, Vol.2, p.402, 将"sonaglieri"译为"撞钟的（人）"。

是造臼炮的。在他们之中，一个大公手下的人[1]自吹是安布罗焦·费雷里大人的朋友，说自己从费雷里大人那里获得了一些订单，并且得到了丰厚的许诺。如果这还不够的话，他就会骑上马去找大公，恳求他写封信，这样你们就绝对不会拒绝把此类工程委托给他了。现在请你们看看，能够胜任此类工程的大师们沦落到了何种悲惨的境地，竟要和这种人竞争！他们如何期望用德能换来嘉奖！睁开你们的眼睛，好好留意，不要用金钱买回耻辱。我可以向你们保证，在这片土地上，除了粗制滥造的工程（？）[2]和卑劣粗俗的工匠，你们将一无所获。请你们相信我，除了佛罗伦萨的列奥纳多[3]，没有人能胜任这一工程。他为弗朗切斯科公爵制作铜马，一生致力于此，所以无需造势，不过我担心他永远也无法完成那个如此浩大的工程。

18[4]

a）尊敬的代表们，病人的医生、保护人[5]和照料者需要明白何为人，何为生命，何为健康，需要明白各要素之间的平衡与和谐如何维持健康，以及各要素之间的失衡如何破坏、摧毁健康。一旦通晓了这些，他们便能更好地治疗那些失去健康的人。

---

[1]　即上文提到的贾尼诺·阿贝尔盖蒂。

[2]　根据马林诺尼的注释，皮乌马蒂将该词辨认为"forte（强硬的）"是错误的，应为"sorte"。马林诺尼将"sorte"解读为"opere grossolane（粗制滥造的工程）"，但他对这一解读并不确定。

[3]　由此可见，这封信应该不是达·芬奇写的。在这张纸的背面有一段话，可能是草稿的一部分：（Ecci uno il quale il Signore per fare questa sua opera ha tratto di Firenze, che è degno maestro, ma ha tanta faccenda, non la finirà mai. Che credete voi che differenzia sia a vedere una cosa bella da una brutta?）（我这里有一个人，是大公从佛罗伦萨请来的，他配得上大师称号，无奈事务缠身，可能永远也无法脱身。你们觉得看到一个美好之物和看到一个丑陋之物的差别在哪里？）

[4]　尽管难以定论，但这封信稿的主题应该是米兰主教堂的竣工计划。以下片段摘自各处，其顺序或与本文不同，比如，本文倒数第二段中的概念是在第三段中阐释的，最后一段也不一定是这封信的结尾。

[5]　"tutori（保护人）"写在"curatori（照料者）"旁边，是一处不确定的改动，信件的终稿里只出现了其中一词。

b）[1] 如你们所知，药如果用得好，就可以让病人重获健康。而只有当医生了解药性，明白何为人，何为生命，何为体质，何为健康时，才能把药用好。通晓了这些后，他们自然会通晓与之相反的道理。如此一来，他们就知道如何治病救人了。

c）[2] 如你们所知，药如果用得好，就可以让病人重获健康，而能把药用好的人都通晓药性，尤其知晓何为人，何为生命，何为体质，何为健康。知晓了这些后，他就会通晓与之相反的道理。如此一来，他就会比别人更懂得如何治病救人。一座"患病的"主教堂所需要的东西并无二致，它需要的是一位医生般的建筑师。这位建筑师要明白何为建筑，根据哪些规则能造出好建筑，这些规则又有何渊源，分成几个部分，要明白什么能让建筑合为一体，如何让建筑永存于世，要明白何为重量，何为力量，还要明白如何将各部分组件结合为一个整体，组合以后又会得到什么结果。谁能够真正认知到这一切，谁就能留下令你们满意的思想和作品。

d）因此我想说——我无意侮辱贬低他人——必须一方面重视推理，一方面重视实际案例，时而用推理揭示结论，时而用经验论证理论，同时借鉴古代权威建筑家的观点，研究完工建筑，探寻它们倒塌和留存的原因，等等。

e）在施工前说明建筑倒塌的原因有多少，分别是什么，以及用什么方法能让建筑保持稳定，久存于世。

f）但是为了不叨扰阁下，我会先说一说主教堂第一位建筑师的想法。那已经开工的建筑可以把他的计划清楚地展示给您。告诉您这些后，您就会明白，业已开工的建筑所拥有的那种平衡，那种呼应，那种一致，在我做的模型里都有。

---

[1]　片段 b）是一段概述，讲的是下文会提及、解释、扩展的概念，我们可以把它视为一段速记。

[2]　达·芬奇把这段写在纸张边缘，并用一个大括号括起来，仿佛在强调，与其他仍需润色的段落不同，这段要写进信件的终稿里。

　　g）何为建筑，合理建筑的规则有何渊源，由几部分构成，这几部分分别是什么。

　　h）请您抛开一切感情因素，要么留下我，要么留下比我更有才华的人。

二十、翻译和抄写 [1]

1

噢，希腊人，我认为无需向你们述说我的所作所为，因为你们已

---

[1] 《大西洋古抄本》第 71 张纸正面 a 部分是达·芬奇最久远的手稿之一，可以追溯到他来到米兰的时候。这张纸上的内容分成两列，右边那一列几乎全部被污渍覆盖，只有最上面的内容可读，见片段 3。该片段是两篇重音落在倒数第三个音节上的十一音节诗，是达·芬奇对彼特拉克《爱神的凯旋》(*Trionfo d'Amore*) 第 67-68 行的模糊记忆，原诗为 "Di qui a poco tempo tel saprai [??] per te stesso, rispose, e sara d'elli (不久，你会知道 [？？] 你自己，他回答，将是他们中的一员)"。他还在后面写了几个看起来毫无意义的音节 (s mi mi mo mi mi)。

该部分的笔迹和达·芬奇平日的笔迹不同，比平常舒缓许多，字有花饰，透露着愉悦的心境，应是他对所写内容的兴趣使然。因此，这部分内容缺少最后几个音节，也就不足为奇了。

另外一列是奥维德 (Ovidio)《变形记》(*Metamorfosi*) 中的两段译文，原文是《变形记》第 13 卷第 12-15 行：Nec memoranda tamen vobis mea facta, Pelasgi, esse reor; vidistis enim. Sua narret Ulixes quae sine teste gerit, quorum nox conscia sola est. (至于我的功绩，各位，我想也无须我向你们陈述了，这都是你们亲眼看到的。还是让于利栖斯报报他自己的功劳吧，他做的事情见不得光，哪个曾见到过？只有黑夜是他唯一的见证人。) 引自奥维德著，杨周翰译，《变形记》，人民文学出版社，1984 年，第 166 页)，以及第 15 卷第 232-236 行：Flet quoque, ut in speculo rugas aspexit aniles Tyndaris, et secum, cur sit bis rapta requirit. Tempus edax rerum, tuque, invidiosa vetustas, omnia destruitis, vitiataque dentibus aevi paulatim lenta consumitis omnia morte. (海伦在镜子里看到自己皱纹满面，老态龙钟，也曾伤心哭泣，她含泪自己问道，为什么她会两度被男子夺娶呢？伟大的时间，你吞噬一切；你和嫉妒成性的老年，你们把一切都毁灭了，你们用牙齿慢慢地咀嚼，消耗着一切，使它们慢慢地死亡。引自《变形记》，第 210 页)。从第二段的译文中，我们可以看出达·芬奇对拉丁语的掌握尚未纯熟，请参阅 Marinoni, *Gli appunti grammaticali e lessicali di Leonardo da Vinci.*, pp. 136-137.

经看到了。就让尤利西斯讲述他的经历吧，因为他的事迹无人见证，只有黑暗的夜晚知晓。

2[1]

噢，时间，事物的消耗者！噢，心怀妒忌的远古时光，你毁灭万物！你们用坚硬的老牙一点一点啃食所有事物，让它们慢慢死去。当海伦在镜子中看到岁月在脸上留下的干枯皱纹时，她哭泣了，不禁思考自己为何会被两度掳走。

3

你不应觉得我可怜，可怜的是欲求过多的人。我会在哪里停留？不久后，你就会知晓。我答道，从此刻起，用不了多久，你便会自己明白。

4[2]

赞扬一个你不甚了解的事物不好，诋毁它则更糟。

---

[1] 在该片段前，达·芬奇自己试着创作了一段。他写得很费力，后来又删掉了，原文如下：O tempo consumatore (di tutte) delle cose o (antichità tu divori ciò che si vede e o) invidiosa antichità (tu consumi) distruggete e guasti ciò che si vede e consumate ogni cosa［噢，时间！你是（一切）事物的消耗者，噢（远古时光，你吞噬一切所见之物），心怀妒忌的远古时光（你消耗）你们毁灭，你损害一切所见之物，消耗万物］。
紧接着是第一句话的变体：O tempo consumatore delle cose e o invidiosa antichità per la quale tutte le［cose］sono consummate.（噢，时间，事物的消耗者！噢，妒忌的古老，所有［事物］都为你消耗！）
[2] 这首两行诗和下首两行诗在第76张纸背面a部分也有记载，但不甚准确，从中可以看出达·芬奇在努力地回想一篇没有记清的文章：
(Male se laldi e peggio se riprendi la cosa, dico, se bene tu nolla ɩ ntendi)（颂扬不好，我说，指责一个你不甚了解的事物更加不好。）
(Mal fai se laldi e pegg'è si tu riprendi la cosa, quando bene tu nolla 'ntend ɩ.)（颂扬不好，指责一个你不甚了解的事物更加不好。）
(Quando Fortuna viene prendil'a man salva; dinnanti dico, perché dirieto è calva.)（时运来临时要伸手将其牢牢抓住，我是说要迎面抓住他，因为时运的后脑勺上毫发不生。）

5

时运来临时要伸出手，将其牢牢抓住，我是说要迎面抓住他，因为时运的后脑勺上毫发不生。

6[1]

如果你想保持健康，就请遵循这些守则：

没有食欲时不要吃饭，晚餐要吃少，细嚼慢咽，入口之物要全熟，形式要简单。

谁吃药谁便是自讨苦吃。
要远离愤怒与心生闷气，
撤席后直起身保持站立，
正午时要做到尽量不睡。
饮酒时要节制小酌常饮，
正餐外空腹时不宜饮酒。
如厕时勿等待亦勿耽搁，
做运动动作之幅度要小。
睡眠时勿趴卧亦勿侧头，
（定牢记）夜晚间被子盖好，
歇头脑心情需保持愉悦，
远淫欲多注重合理饮食。

---

[1] 这首不太规范的十四行诗讲的是卫生守则，达·芬奇把它写在了一个建筑草图旁边，字迹密密麻麻。*Le fonti dei manoscritti di Leonardo da Vinci*, p.212 记载的十四行诗与这篇有着些许出入。

7[1]

浪费时间却没有获得美德的人，思虑越多越是沮丧。

8

为利益而放弃荣耀的人没有美德，也不会有美德。

9

好时运从不予无为之辈，

无磨难不可得完美天赋，

人只有求美德方得幸福。

10

我们的盛大凯旋会消逝。

11

享美食，困倦意，舒适软床

足以灭人世间一切美德

吾人性偏正轨几入迷途

良风尚已使其败下阵来。

12

现如今你最好戒掉懒散，

大师言如若你卧于软床，

棉被中永不得名誉声望；

---

[1] 乌齐耶利（Uzielli）认为片段 7、8、9 出自"可追溯到 14 世纪按字母顺序汇编的谚语集，这些谚语集在达·芬奇生活的年代已有印刷本，一些简单易懂的书里也有这些谚语"。片段 10 是对彼得拉克《时间的凯旋》（*Trionfo del Tempo del Petrarca*）中的一行诗（第 112 行）稍加改动的结果，片段 11 出自彼得拉克《歌集》（*Il canzoniere*）中《活着的劳拉夫人》（*In vita di Madonna Laura*）第 7 篇，片段 12 出自但丁（Dante）《地狱》（*Inferno*）第 24 歌第 46-51 行。

谁若是无名望蹉跎一生，

其留世之痕迹倏忽即逝，

恰如同空中烟，水中泡沫。

13.[1] 为规则多面体及其变体作三行诗

那果实甜美且极其可爱，

诱古今哲学家探索不休，

正是它可滋养你我心智。

14[2]

彼得拉克为何会钟爱月桂，

香肠〔鸫鸟〕夹其间香气扑鼻；

我无法将其闲谈视作珍宝。

15[3]

在一个半圆里能否画出

三角形任一角均非直角

另外两个角也不可为直角。

---

[1] 这段三行诗是达·芬奇的朋友卢卡·帕乔立（Luca Pacioli）所作。帕乔立把此诗放在了《神圣的比例》（*De Divina Proportione*）一书之首。达·芬奇为这本书绘制了插图。

[2] 该三行诗富有讽刺意味，出处不明。

[3] 写在一个半圆里。前两行出自但丁的《天堂》（*Paradiso*）第 13 歌第 101-102 行：

　　　　o se del mezzo cerchio far si puote
　　　　triangol sì ch'un retto non avesse...
　　　　（在一个半圆里能否画出
　　　　三角形任一角均非直角……）

第三行是达·芬奇加上去的，没有遵循格律。